KB009833

아이보다 아이i

예민하고
불안한
나와
마주하기

아이보다
아이*i*

신소율 지음

결혼 2년차. 2세 계획에 대한 질문이 많아졌습니다. 우리 부부에 대한 애정과 선의를 담은 다정한 말이라는 것을 알면서도 횟수가 늘어나고 반복되자 제 안에는 미묘한 감정 변화가 생겨났습니다.

우리 부부의 개인적인 미래 계획에 대해서 왜 이렇게 궁금한 게 많은 걸까. 결혼이 선택 사항이었듯 출산의 문제도 그러한 것이 아닌가. 혹, 우리 부부가 선택적으로 아이 없이 사는 인생을 선택했다 하더라도 이 부분에 대해 일일이 다 설명하고 설득시켜야 하는가. 만약 불가피한 이유로 2세를 가질 수 없는 상황인 이들에게 이 질문은 얼마나 폭력적인 것인가.

꼬리에 꼬리를 무는 생각의 타래 속에 더 이상 저에게 2세 계획에 대한 질문은 선의로 느껴지지 않게 되었고 적지 않은 스트레스로 다가왔습니다.

이 부분에 대해 남편과 진지하게 상의를 해보고 싶었으나 이미 남편은 아이가 있는 안정적인 가정을 원한다는 것을 알고 있었고, 의도한 것은 아니겠지만 아이를 낳아 행복하게 사는 주변 부부들의 이야기를 저에게 자주 들려주고는 했습니다.

물론 남편은 아이에 대한 문제가 선택적 부분이라는 저의 말에 공감하여 제가 아이를 가질 마음의 준비가 되면 먼저 언질을 해달라고 부탁했습니다. 하지만 대화 중 주제가 그쪽으로 흘러가면 늘 빠져나가기 바쁜 저를 보면서 부담을 주지 않고 싶어 했습니다. 그러다 보니 어느새 남편도 이 부분에 있어서 생각이 많아진다는 게 느껴졌고요.

하지만 그에게 도저히 제 감정과 생각을 다 털어놓을 수는 없었습니다. 제 심정이 너무 감정적으로만 전달이 될 것이라 생각했고 상처를 받거나 실망을 하게 될 남편의 눈과 표정을 직접 마주할 자신이 없었어요.

그래서 남편에게 장문의 편지를 쓰다가 고백적 에세이를

써보기로 결심했고, 마음을 먹고 집필을 하는 과정 중 저에 대해 충분히 돌아보는 시간을 가지게 되면서 제가 가지고 있는 정신적 문제와 결핍들을 처음으로 직접 마주하게 되었습니다.

일적으로 심한 정신적 스트레스가 느껴지고, 어느 순간 정상적인 사고를 하지 못하고 있다는 자각이 들 때에도 의존적인 성향이 계속될까 봐 굳건히 병원이나 상담만은 피해왔던 저였습니다. 하지만 글을 쓰다 보니 요동치는 감정의 변화에 스스로 한계치에 다다랐다는 생각이 들었고 상담 센터를 찾게 되었습니다.

아이를 낳고 기르는 것에 거부감과 두려움이 있는 이유가 신념이나 가치관 때문이라기보다 정서적 측면의 불안감과 지속적인 우울감, 역할 증가로 인한 심리적 압박감 때문일 수도 있다는 얘기를 듣고, 지속적인 상담을 통해 저의 감정을 들여다보고, 저의 마음을 심도 있게 관찰하여 아이의 유무를 떠나 행복한 미래를 위해 스스로 개선이 필요하다는 결론을 내렸습니다.

분명 시작은 2세 계획에 대한 질문이었습니다. 대답하기 불편하고 싫은 질문 하나로 인해 저는 제 마음과 일상에 엄청난 변화를 겪었습니다. 그전에는 흘려보냈던 여러 문제점들이 단 하나의 질문으로 발견되어 해소되어가는 과정을 직접 겪으며 스스로를 알아가는 여정, 그 안에서 함께 고민하고 생각해보아야 할 부부 사이의 이야기를 하고 싶었습니다.

이 문제와 질문들이 비단 저에게만 주어진 숙제가 아니라고 생각합니다. 제 경험과 짧은 글로나마 현대사회를 살아가는 여성으로서 주변의 눈과 사회적 인식으로 인해 간과했던 자기 자신의 감정과 현실의 괴리를 돌아볼 수 있었으면, 그리고 좀 더 나은 삶을 위한 앞으로의 기대와 희망을 가질 수 있었으면, 결론적으로는 스스로의 행복을 추구하는 방향으로 조금이나마 위로와 힘이 되었으면 좋겠습니다.

Contents

PART 1
어쩌다 나를 아는 과정

남편에게
쓰는 편지

"비혼주의자였던 내가 처음 자기와 결혼이라는 걸 하고 싶었을 때가 생각나. 이 사람과 나를 반반씩 쏙 빼닮은 아이가 있었으면 좋겠다. 그 아이가 이 사람과 함께 축구를 하기도 하고 노래를 하기도 하면서 평화로운 시간을 보내는 모습을 보고 싶다. 누군가와 하루 일부의 시간을 함께하고 같은 장소를 공유한다는 상상만으로도 답답하고 숨 막힘을 느끼던 나에게는 나올 수 없는 상상이었어. 분명히 그때는 행복한 상상이었는데……. 그래, 맞아. 오늘은 그 얘기를 하려 해."

결혼 후 일상적으로 받던 질문들 중 하나였을 뿐인데 그날은 이상했습니다. 2세 계획을 묻는 선배의 질문에 늘 하던 대답을 하려던 순간 갑자기 두통과 함께 마음속 깊은 곳에서 무언가가 올라왔습니다. 아직 잘 모르겠다는 짧은 대답을 던지고 갑자기 눈물이 날 것 같아서 화장실로 달려갔고, 속에 있는 것들을 게워내고는 엉엉 울었습니다.

　그 선배의 의도는 분명 선의였습니다. 아끼고 예뻐하는 저에게 보내는 인생 선배로서 기대와 걱정이 담긴 사랑의 질문임이 분명했습니다. 그것을 알고 있으면서도 머리와 다르게 움직이는 감정과 갑작스러운 신체 변화 때문에 저도 심하게 당황했습니다.

　평소에 이 문제에 대해 큰 스트레스를 받았던 것도 아니었습니다. 당장 서두르고 싶지 않았기 때문에 미루고 있던 얘기는 맞지만 언젠가 남편과 상의하에 2세 계획을 세울 예정이었고 문제 될 것이 없다고 자신했습니다.

　컨디션이 나쁜 날도 아니었습니다. 저에게는 어느 날 갑자기 들이닥친 공포심과 두려움이었습니다. 며칠간 이 질문을 떠올릴 때마다 계속 같은 증상의 반복이었고, 이 사실을 남편에게 말하려 마음을 먹은 순간마저 알 수 없는 불안감이 엄습했습니다.

말 한마디를 잘못 선택했다가 남편의 기분을 상하게 할까 봐, 하루아침에 갑자기 혼자 심각해져서 이런 모습을 보이는 내가 이상해 보일까 봐 편지를 쓰기 시작했습니다. 그냥 내 마음, 내 감정을 전달하는 것뿐이라고 생각했는데 제 자전적 고백을 하면 할수록 심장은 터질 듯이 쿵쾅거렸고 계속 눈물이 났습니다.

현실로 다가온 2세의 얘기에 왜 이렇게 과민하게 반응하게 되었는지 나름대로 제 내면을 들여다보면서 솔직하게 써 내려갔을 뿐인데 오히려 그 과정에서 완전히 무너져버린 제 모습이 당황스러웠습니다. 남편에게 쓴 편지의 내용을 바탕으로 심리 상담을 받았고 스스로를 다스리는 루틴을 찾으며 나아질 방법을 강구했습니다.

나라는
사람에 대해서

"나는 스스로를 지극히 평범하고 심심한 사람이라고 생각해왔는데, 당신을 만나 누군가에게 특별한 사람이 되는 경험을 하다 보니 오히려 여러 측면에서 많이 모자라고 빈 곳이 많은 사람임을 알게 되었지. 그중 가장 큰 부분을 차지하는 게 나의 정서적, 감성적 측면일 거야. 늘 밝고 어느 정도 가벼운 유쾌하고 건강한 사람으로 포장해온 나는 지나치게 조심성이 많고 걱정이 넘치며 매사에 예민한, 터지기 직전의 경계에 있는 사람이라는 것을 알게 되었어."

사실 알고 있었지만 인정하기 싫었습니다. 저는 성격이 좋은 사람은 아닙니다. 아주 소심하고 주변의 눈치도 많이 보고, 끊임없이 스스로를 검열하며 나뿐만 아니라 타인도 내 기준으로 재단하고 매사 모든 일에 신경을 곤두세우고 있습니다. 인간관계의 작은 일에도 상처받아 쉬이 넘기지 못하고 마음속에 늘 담아두며 벽을 쌓아 철저하게 감춘 후, 미소로 대응하면서 속으로만 그 사람이 모를 증오를 품는 것이 유일한 복수였습니다.

　상담 선생님께서는 혹시 직업 때문에 생긴 성격이라고 생각하냐고 물으셨는데 딱히 그런 것 같지는 않았습니다. 우린 모두 어릴 때부터 착한 아이가 되기를 강요받습니다. 친구와 싸우고 미워하면 나쁜 어린이가 될 것만 같았고, 질투는 늘 동화책 속 악역들의 전유물처럼 여겨졌습니다. 저는 교훈이 있는 동화 속 선한 등장인물처럼 좋은 사람, 착한 사람이 되고 싶었고 서서히 본심을 숨겨갔습니다.

　상담 선생님께서는 사회화 과정을 겪은 모든 사람이 그렇기에 자신을 탓하며 반성할 필요는 없다고 했습니다. 저는 반성을 하자는 게 아니었습니다. 저에 대해 보다 자세히 알고 조금 더 사랑하는 방법을 배우고 싶었습니다. 다행히 건강한 생각을 하고 있다는 위로를 받았습니다.

좋은 사람이고 싶은데 실제로는 좋지 못한 사람이었기 때문에 그 괴리감에 늘 힘들었습니다. 친구가 예쁜 옷을 입으면 빼앗아 입고 싶고, 친구가 먹고 있는 아이스크림이 맛있어 보이면 내 것과 바꿔 먹고 싶어 했던 그냥 어린아이였을 뿐인데 왜 그다지도 제 자신을 숨기고 싶어 했을까요?

어떤 친구들은 제 마음을 간파하기도 했습니다. 어린아이 같은 솔직함으로 "너 지금 쟤를 부러워하는구나? 질투하는구나?"라는 질문을 받을 때면 제 자신을 들켰다는 수치심에, 그리고 질투하는 나쁜 어린이가 되었다는 생각에 친구에게 불같이 화를 내고 집에 와서는 엉엉 울어댔습니다. 어릴 때부터 남들의 눈이 너무나 중요해서 끊임없이 자신을 포장했던 어린이였다는 생각이 들고는 그냥 웃음이 나왔습니다.

사실 이걸 가르쳐주고 마음을 보듬어줄 사람이 없기도 했습니다. 제 진심을 아무에게도 내비친 적이 없으니까요. 부모님께도 마찬가지였습니다. 제가 진작 솔직하고 순수하게 누군가에게 조언을 구했다면, 그에 맞는 위로를 받았다면 저는 조금 다른 성향을 가진 어른이 될 수 있었을까요?

불안감이
지배하던 그때

"알 수 없는 많은 것들에 불안감을 느끼던 20대와 30대 초반을 지나 당신을 만나고 나서 나는 비로소 전보다 스스로에게 더 만족하며 살고 있어. 이 순간을 조금 더 즐기고 싶고 이 행복을 조금 더 누리고 싶어. 당신과 단둘이 이 시간을 조금 더 함께하고 싶어. 하지만 현실적으로 생각해야 하는 문제가 있어. 바로 내 나이."

돌이켜보면 저는 늘 불안하고 안정감이 없었어요. 많은 사람들에게 사랑을 받으면서도 늘 다른 사랑을 갈구했습니다. 일에 있어서도 성취감을 채 누리기 전에 금세 새로운 자극을 찾아 헤매느라 매일이 바쁘고 정신이 없었습니다. 사람들에게 잊힐까 봐 혹여 큰 질타를 받을까 봐 늘 걱정이 많았고, 나에게 온 사소한 행복이 내 것이 아닐까 봐 항상 의심했습니다. 스스로를 사랑하고 돌보는 방법을 몰랐고 정신적으로 많이 지쳐 있었는데 그것조차 모른 척, 괜찮은 척 오만하게 스스로를 위로해왔습니다.

남편을 만나고 나서 잠시 동안은 안정된 감정에 전반적인 삶이 만족스러웠어요. 혼자만 가지고 있던 감정들을 나눌 수 있는 대화 상대가 생기다 보니 고민을 잠시 내려놓고 편히 쉴 수 있었고, 나와 주변을 돌아볼 수도 있는 시간도 주어졌어요. 누군가에게 특별한 존재가 되었다는 것에 자존감도 높아져 사랑을 받고 있는 제 모습을 스스로 더 좋아하게 되었어요. 하지만 새로운 불안감들이 생겨나기 시작했습니다.

남편과 둘만 보내는 시간을 길게 가져가고 싶었습니다. 그리고 더 많은 사랑을 받고 싶어졌습니다. 이기적인 모습으로 비칠 수도 있겠지만 성인이 된 후 저의 온전한 모습을 내보인 사람이 없었기 때문에 부족하고 미성숙한 진짜 저의 모습이라도 이해해주고 감싸 안아주는 남편의 사랑을 충분하고 온전하게 오롯이 혼자 모두 누리고 싶었습니다. 아이가 생기면 지금의 행복을 다 누리지 못할 것이라고 생각해 불안감이 생겼습니다.

저는 지금 열심히 관리하여 만들어진 제 외모적 결과에 대해 만족하며 살고 있습니다. 20대까지는 스스로에 대한 만족도가 높지는 않았어요. 신인 시절만 하더라도 외모의 한계로 인해 오디션에 떨어졌던 경험도 있었기 때문에 상처도 받았지만, 미의 기준이 넓어지고 개인 취향이 존중되는 사회로 변화해가고 있다 보니 상대적으로 매력이 더 중요해지게 되었고, 그 안에서 저의 자리도 좀 넓어진 것 같은 혜택을 받았어요.

세월의 흐름에 따라 변해온 모습도 너무 좋아합니다. 미묘하게 깊이감이 생긴 눈이라든지, 전보다 나이가 묻어나는 자연스러운 주름이라든지 결혼 후 조금 더 편안해진 미소도 좋아합니다. 늘 습관화된 다이어트를 해오며 원하는 몸의 형태를 만들기 위해 노력한 결과인 지금의 제 몸도 만족합니다. 지금 이 모습을 조금도 잃고 싶지 않아요. 아이가 생기면 지금의 제 모습을 잃을 것이라는 생각에 불안해졌습니다.

이런 것들이 아이를 가지고 싶지 않은 근본적인 이유는 아니겠지만 분명 제 마음 한편에 자리 잡고 있는 것은 분명했습니다. 저도 상담을 통해 이게 진짜 제 마음 중 일부라는 것을 인지했어요. 이런 생각을 하고 있는 제 모습에 적지 않게 놀랐습니다. 제가 좀 이상한 사람이 아닐까 걱정이 되기까지 했어요. 늘 외면보다 내면을 잘 가꾸는 사람이 되고자 다짐했는데 진짜 마음은 이렇게까지 "겉모습"에 집착하는 사람이었던가.

현재에 가장 만족하며 살고 있다고 자기최면을 걸고 있지만 사실은 불만족에서 오는 집착일 수 있습니다. 불만족스러웠던 과거의 모습에서 벗어나고자 끊임없이 노력했고 그러다 보니 전보다 지금이 나은 상황이라는 생각을 하게 되어 지금의 것들을 계속 붙잡아두고 싶은 마음이 생기는 겁니다. 이상적인 사람이 되길 원하면서도 끊임없이 불안한 감정이 생기는 속을 뜯어고치지 못하다 보니 늘 항상 어딘가 부족하고 채워지지 않는 결핍이 있었던 것 같습니다. 부끄러운 저의 모습이지만 굳이 언급을 하는 이유는 제 자신을 솔직하게 인정할 줄 알아야 제 근본적 문제를 해결할 수 있다는 마음 때문입니다.

상담 선생님께서 저만의 문제는 아니라고 했습니다. 자신의 욕망을 전부 드러낸다고 해서 모든 것을 성취할 수 있는 건 아니니까요. 자신의 욕심에 충실한 삶을 산다고 해서 삶 자체가 풍족해지는 것은 아닙니다.

중간점을 찾아 타협이 필요한 상황이었을 텐데 큰 욕심이 없는 좋은 사람으로 살고 싶어서 어디까지가 제가 원하는 타협점인지 가늠할 수가 없었던 거였어요. 그래서 그 결핍이 채워지기 전까지는 삶의 큰 변화가 생기기를 원치 않았습니다.

아이는 확실히 여성의 인생에 많은 변화를 가져다주기 때문에 겉으로든 속으로든 자신의 만족을 채우지 못한 상태에서는 걸림돌로 느낄 수도 있는 게 당연했습니다. 아이로 인한 경력단절을 걱정하고 그 부분에 있어서 차별을 경험하는 사람들이 잘못한 건 아니죠. 과거 그런 일들이 비일비재했기 때문에 듣고 봐와서 걱정하는 것일 텐데, 이 부분을 타인이 안심시키고 힘을 줄 수 있는 부분인가요? 내 인생인걸요.

엄마가 될
나이

"지금 나는 40대를 준비하는 설레는 과정 안에 살
고 있어. 멋진 30대 여성의 삶을 꿈꿔왔지만 생각보
다 서툴렀기 때문에 현명하게 생각하고, 여유 있게
화를 넘기며, 우아하게 말하고 어른답게 행동하는
40대의 훌륭한 여성이 되고 싶어. 설레는 내 40대
의 시작에 육아라는 주제는 없어. 생각해본 적도 없
고, 사실 상상하고 싶지도 않아. 아이라는 존재가 내
삶을 잠식해버릴 것 같은 큰 두려움이 있어. 내가 없
어질 것 같은 막연한 두려움."

서른이라는 나이가 점점 더 어리게 느껴지는 것은 기분 탓일까요? 고등학교 때 김광석 선생님의 〈서른 즈음에〉라는 노래를 들으며 나의 30대를 생각했습니다. 사실 마흔을 앞둔 지금도 엄청 어른 감성의 노래라고 느껴지는 걸 보니, 100세 시대에 온 지금 나이에 대한 관념은 분명 예전과 확연히 달라진 것 같아요.

서른을 준비하는 인생 선배들의 조언이 담긴 책들을 마흔을 준비하면서 읽어도 될 만큼 10년이라는 세월이 무색해져 버린 요즘입니다. 결혼을 안 해서 철이 없다는 말을 그렇게 많이 들었음에도 저는 결혼 전에 비해 딱히 몇 년을 뛰어넘은 어른이 된 것 같지 않습니다. 부모가 되면 달라진다는 말을 듣는 요즘이지만 아직 부모가 되고 싶지는 않습니다.

이렇게 모든 면에서 우린 나이에 대한 감각적 시간을 몇 년씩 보상받은 기분입니다. 그럼에도 나이가 먹었는지 체력이 달린다고 하면 아직 어린데 무슨 그런 소리를 하냐며 핀잔을 듣고는 하지만, 아직 어리니까 임신을 천천히 생각해보겠다고 하면 지금도 늦었는데 무슨 소리냐며 펄쩍 뛰는 사람들이 대부분이에요.

물론 아이에 대한 갈망이 있는 상태에서 현재의 환경이 따라주지 않아 망설이는 것이라면, 한 살이라도 어릴 때 난자를 냉동시켜놓거나 하루빨리 환경을 만들어놓은 후 아이를 낳을 계획을 세울 텐데, 전 그런 마음이 전혀 없는 것을 보니 아이 자체에 대한 생각이 없는 사람인가 봐요. 37살에 이런 생각을 한다는 게 철이 없는 사람처럼 보일까 봐 생각도 없는 아이 문제에 대해 *끄*집어내 사서 걱정을 하느라 스트레스를 받고, 스트레스를 받다 보니 불안해지고, 그 불안감이 지속되다 보니 정신이 망가지는 거예요.

사실 누군가의 질문에 "전 아이 생각이 없어요"라고 하면 끝날 문제였을지도 모르는데 편견이 담긴 시선이 두려워 대답을 하지 못하는 것이었어요. 남편과 가족한테도 마찬가지였습니다. "아이를 낳을 마음도 키울 자신도 없어요"라고 얘기하는 것이 책임감 없어 보일까 봐요.

어떤 뚜렷한 가치관이나 신념이 있는 게 아니라 그냥 두려운 거예요. 겪어보지 않은 미래에 대해 조심성이 많고 새로운 도전을 두려워하는 성향이라면 당연히 생각해볼 수 있는 문제라는 상담에 조금 안정을 찾았습니다.

그리고 자신이 없이 불안한 상태에서 의무사항이 아닌 것을 지켜내려 하는 것보다 자신의 상황을 밝히고 더 많은 고민을 한 후 선택을 할 수 있는 것도 용기이고 더 책임감이 있는 행동이라는 응원도 받았습니다.

사실 누구나 해줄 수 있었지만 아무도 해주지 않던 얘기들이라 큰 위안이 되었어요. 그래서 나에게 조금 더 솔직해지기로 했습니다.

내가 없어지는
두려움

"사회적 동물로 살아가다 보면 누구나 가면을 쓰고 살아. 그러다 보면 어느 순간 자신이 어떤 사람이었는지에 대해 잠시 잊어버리는 것 같아. 나 역시 그동안 만들어진 나로 살았던 것 같아. 늦었지만 지금에서야 나에 대해 고민을 해보고 있어. 하지만 아직 스스로 올바른 정의를 내리지 못했어. 내 내면을 더 들여다보고 깊은 사람이 되고 싶은데, 이제야 나를 나로 시작한 나에게 엄마로서의 역할이 추가된다면 내가 찾고 싶은 나는 영영 사라질 것 같은 두려운 감정이 생기게 돼."

저는 기본적으로 귀가 얇고 타인의 말을 잘 믿는 성향입니다. 완벽한 체득과 경험을 통해 결론내어진 결과가 아니고서야 각종 소문과 풍문에 잘 흔들리는 편이기 때문에 늘 조심한다고 하는데 쉽지가 않습니다.

좋은 점도 있습니다. 고구마가 다이어트에 좋다는 얘기를 온전히 믿어 일반 식사 사이에 고구마 하나씩을 먹는 것만으로 몸무게가 줄기도 하고 누군가가 진통제라고 하고 먹인 비타민에 치통이 나아지기도 합니다.

하지만 이는 부정적인 부분에도 분명 작용하므로 상담하기 전, 상담 선생님들께 혹여 저의 상태가 정신질환에 해당하는 부분이 있더라도 절대 그 단어를 얘기하지 말아달라고 부탁을 해놓은 상태였습니다. 인터넷을 찾아보고 주변 얘기를 들어가며 최근 겪은 증상들이 어떤 것들인지 대략적으로 추측할 수 있지만 직접적인 얘기를 들으면 거기서 벗어나지 못할 것 같았거든요.

그래서 모든 정신의학적 용어를 빼고도 제 상태를 이해하기 쉽게 상담을 해주셨는데 한결같이 역할 증대로 인한 책임감에서 오는 불안 증세에 대해 말씀해주셨습니다. 깊이 생각지 못한 부분이었는데 가슴 깊이 찌릿 하는 느낌이 있었어요.

제가 과부하 상태라는 건 알고 있습니다. 정신적, 신체적으로 위기를 겪고 스스로 해결하기엔 한계라고 느낀 시점부터 자연스레 인정했어요. 이 상태는 뚜렷한 계기로 시작된 것이라기보다 누적된 것 같아요.

꿈을 위해 나 하나만 보고 달리던 시절에서 조금 벗어나자 나를 위해 함께 고생해주는 회사 식구들이 보였어요. 저는 예민하지 않은 좋은 성격의 연기자가 되고 싶었습니다. 돈이 조금 모이자 저를 키워주신 부모님이 보였습니다. 외동딸인 저의 미래를 위해 열심히 달린 엄마 아빠를 이제 걷게 하고 싶었습니다. 그래서 저는 우리 집의 경제적 가장으로 살기로 마음먹었습니다.

일을 열심히 하다 보니 팬클럽이 생겼습니다. 저를 사랑해주시는 많은 분들이 있지만 적어도 우리 샤베트한테만큼은 부끄럽지 않은, 인성도 좋고 행실도 바른, 연기를 잘하는 아름다운 배우로 기억되고 싶어졌습니다.

사회의 구성원으로도 늘 사회적인 분야에 대해 관심을 가지고 목소리를 낼 수 있는 사람이 되고 싶었습니다. 현실에 안주하지 않고 끊임없이 무언가를 읽고, 쓰고, 배우는 발전적인 사람이 되고 싶습니다.

자발적 선택으로 길냥이 두 마리의 집사가 되었습니다. 이 작은 생명들이 행복하게 생을 살다 갈 수 있도록 좋은 기억만 남겨주고 싶었습니다. 훗날 고양이별에서 저를 기다릴 마음이 생길 수 있도록 제가 주는 온전한 사랑만큼은 충분히 느낄 수 있길 바랐습니다.

사랑하는 사람을 만났습니다. 평생의 조력자로서 행복과 평안을 줄 수 있는 훌륭한 반려자가 되고 싶었습니다. 그의 가족들은 너무 좋은 분들이었습니다. 믿음직한 며느리, 훌륭한 가족 구성원, 그리고 좋은 숙모가 되고 싶었습니다.

이 많은 역할 중 제가 제대로 수행해내고 있는 게 과연 단한 개라도 있을까요? 할 일은 너무나도 많고 지켜내야 할 사항들이 끝도 없이 밀려옵니다. 무엇 하나 놓치고 싶지 않아 전전긍긍한 상태이다 보니 오히려 모든 걸 놓치고 있는 상황이에요.

다른 욕망들은 어느 정도 내려놓고 타협할 수 있는 지점까지 억지로 끌고 갈 수 있다고 해도, 제가 반드시 책임을 져야겠다고 마음먹은 이 역할들만큼은 아무리 마음을 정리하려고 노력을 해보아도 조금도 내려놓고 싶지 않았습니다. 사람마다 중시하는 가치관이 다르겠지만 저는 저도 모르게 이 역할 수행들이 중요한 가치관으로 자리 잡은 것 같습니다.

하지만 가치관과 신념이 그렇다 한들 그걸 담을 그릇이 작다면 넘치겠지요. 저는 마음의 그릇이 아주아주 작은 사람인가 봅니다. 그동안 받은 모든 스트레스가 대부분 책임감과 부담감에서 왔다고 생각해 그 부피를 좀 줄여보려고 하는데도 쉽게 되지는 않더군요. 수를 줄이든 부피를 줄이든 저에게 맞는 용량으로 맞춰야 할 것 같습니다.

그런데 이 상황에서 아이를 책임져야 하는 부모로서의 역할까지 떠안으려고 생각하다 보니 골병이 나지 않는 게 이상한 상황일 거예요. 저는 더 이상 저의 책임감의 무게에 다른 것을 올려놓고 싶지 않은가 봅니다. 아이를 거부하는 제 모습 때문에 혹시나 제가 모성애가 결여된 사람이 아닐까 걱정했었는데 다행히 이로써 걱정 하나는 줄어들었습니다. 저는 아이가 싫은 게 아니라 엄마가 되는 책임감을 부여받기 두려운 거니까요.

우리 엄마

"세상의 모든 엄마들이 그렇겠지만 우리 엄마는 날 정말 예뻐했고 자신이 할 수 있는 최선을 다해 사랑을 줬어. 엄마의 인생이 소중하지 않았던 게 아닐 텐데 엄마의 인생은 정말 온통 나였어. 자기주장이 강하던 엄마의 모든 취향은 사라졌고, 내가 좋아하는 음식을 먹고, 내가 좋아하는 장소에 가고, 내가 예쁘다고 하는 옷을 입었지. 엄마의 매일과 모든 시간의 감정은 나로 인해 결정되었어."

24살에 저를 낳으신 저희 엄마는 비혼주의자로 살고 싶다는 제 생각에 가장 큰 지지자였습니다. 해보고 싶은 일, 이루고 싶은 일, 배우고 싶은 일, 이 세상에서 온전히 나 혼자였을 때 할 수 있는 모든 일을 다 해보기를 권하셨어요. 제 인생을 온전히 제 것으로 살아보기를 원하셨던 것 같아요. 본인이 그러지 못하셨으니 딸이 그것을 이루기를 바라셨을지도 모르겠습니다.

저는 어린 시절 대부분의 기억이 흐릿합니다. 제가 지금 가지고 있는 성향들에 대해 상담 선생님과 대화를 나누었습니다. 어린 시절 기억들을 떠올려야 하는 시간이 있었는데, 놀랍게도 가지고 있는 기억이 별로 없었습니다. 지나치게 현실에 충실하게 살고 있거나 제가 가지고 있던 긍정적 성향들이 과거의 부정적 흔적들을 빨리 지우려 한다거나, 많은 이유가 있을 수는 있지만 잘못된 건 아니라고 하셨습니다. 두 가지 다 해당되는 것 같아요. 저는 계획한 소 목표를 이루기 위해 현재에 충실하고 최선을 다하는 편입니다. 그 소 목표를 이루고 난 후에는 미련 없이 지우는 편이에요.

과거의 부정적 흔적을 지우려 한다는 것도 저에게 잘 해당되는 말이었습니다. 세세하게 밝힐 수는 없지만 저희 부모님도 부모의 역할을 처음 맡아보셨기 때문에 많은 시행착오를 겪으셨습니다. 그 과정에서 때때로 저에게 트라우마를 남길 만한 말과 행동도 보여주셨는데 다행히 저는 심각하게 받아들이지 않고 대부분 흘려보냈어요. 어린 나이에도 부모님의 행동들이 사랑에서 비롯되었다는 게 느껴졌기 때문이었던 것 같습니다.

저희 엄마는 엄마로서의 삶이 처음이었는데 정말 좋은 엄마였습니다. 하지만 확실히 어리고 서툰 엄마이기도 했어요. 요령이 없다 보니 자기 자신을 희생해 오로지 저만을 위해 사셨습니다. 엄마의 인생은 곧 나다, 그 어린 나이에도 그건 알았던 것 같아요. 그래서 나쁜 행동을 하지 않고, 공부도 열심히 하고 말도 잘 듣는 딸이 되고자 책임감을 가지게 되었어요. 어릴 때 가정에서 이루어진 어떤 기억들은 저를 만들어내는 기둥이 되었습니다.

그래서 아이를 낳는다는 게 더 무섭고 두려울지도 모르겠습니다. 저에게도 엄마는 단 한 명뿐인지라 보고 배운 게 있다 보니 저의 모든 것을 희생해서 아이를 키워야 할 것 같은 강한 압박이 있습니다.

저는 아직 희생할 마음이 준비되어 있지 않습니다. 저는 너무 행복하게 자랐으나 무조건적으로 자식만 바라보는 엄마가 되지는 말아야겠다고 생각했었어요. 여리고 약한 엄마와 다르게 나는 강한 독립적 주체가 되겠다고 늘 생각하면서 커왔는데 남편은 저희 엄마를 보면 볼수록 저와 똑같다고 하더군요. 강하게 부정해왔다고 생각했는데 저도 모르게 저는 엄마와 외모, 성격을 떠나 성향까지 닮아가는 모양입니다.

우리 아빠에게
나는 어떤 존재였을까

"아빠는 음악을 사랑하는 청년이었어. 어느 날 갑자기 큰 책임감이 부여되는 사건이 생겼는데 그게 바로 내가 생긴 일이었어. 말 그대로 인생을 즐기던 자유로운 영혼의 소유자였지만 어느 날 아침에 아빠라는 중책이 부여되었을 때 어쩌면 엄마보다 훨씬 더 큰 중압감을 느꼈을지도 몰라. 당장 돈을 벌 수 있는 직업을 찾아 가정을 지켰고 하루아침에 자신의 삶이 달라졌다는 것을 직감하셨을 거야. 아빠는 점점 더 어두운 사람이 되어갔어. 내가 중학교에 들어갈 무렵 취미로나마 매일 곁에 두던 기타를 놓으셨지."

다시 학창 시절로 돌아간다면 아빠가 기타를 놓지 못하게 했을 거예요. 제가 중학교 때 아빠의 나이가 아마 지금의 제 나이쯤이었을 겁니다. 상황 때문에 자신이 가장 사랑하던 일을 포기한 아빠의 마음이 어땠을지 헤아려지지도 않아요. 아빠의 인생도 온통 저였습니다.

한창 제 일들로 온 가족이 힘들어할 때 제가 엄마, 아빠의 삶을 갉아먹고 자라난 괴물 같다고 생각했었어요. 두 사람 사이에서 그냥 태어났다는 이유 하나만으로 난 왜 이 사람들의 인생을 다 차지하고 앉아 희생을 강요하는 것일까. 다행히 어려움과 풍파를 겪고, 우리 가족은 전보다 더 단단해졌지만 정말 많은 생각을 했어요. 가족이란 것에 대해. 부모라는 것에 대해. 이 모든 게 누군가의 희생으로 이루어진 집단이라는 게 숭고하고 아름답게도 느껴지지만 숨이 막히고 답답해지기도 해요.

아빠는 처음 제가 결혼하고 싶다는 말씀을 드렸을 때 달갑지 않아 하셨어요. 그만큼 아빠로서 살아가는 게 힘드셨던 걸까요? 그래서 내가 누군가의 아내, 부모, 엄마로 살아가는 걸 원하지 않으셨던 걸까요? 그냥 제 인생을 제가 다 차지하고 살기를 바라셨던 것 같습니다. 하지만 자신의 품에 있던 딸을 다른 사람 넘겨주던 그날, 아빠의 표정에서 보인 감정은 조금의 섭섭함과 홀가분함이었습니다.

상담을 다녀온 후 부모님과 저의 상황에 대해 대화를 나누었습니다. 보통의 부모님들이라면 딸이 정신과 상담 센터에 다녀왔다고 하면 놀라고 걱정하시겠지만 두 분 다 신기할 정도로 무덤덤한 반응이셨습니다.

부모님은 늘 제 걱정을 하십니다. 하지만 저는 일을 시작한 이후 한 번도 힘들다는 얘기를 한 적이 없어요. 많은 사람들이 방송을 통해 정신적 문제에 대해 고백하고 호소할 때 남일 같지 않다고 생각하셨다 합니다. 본인들이 생각하기에 다소 까칠하고 냉소적인 제가 TV 화면 속에서는 마냥 밝고 활달하게만 나오다 보니 언젠가 문제가 생길 수도 있다고 생각하셨다고 해요.

부모님께 가지고 있는 죄스러운 마음도 고백했습니다. 온전히 부모님의 희생을 통해 지금의 제가 있다고, 부모님의 인생을 빼앗은 것 같아 죄송하다고. 엄마는 그렇게 생각해줘서 고맙다고 말씀하셨고 아빠는 해야 할 일을 했을 뿐이라고 말씀하셨습니다. 그러니 부채감은 느끼지 않았으면 좋겠다고 하시더군요.

제가 생각할 때 저희 부모님들이 당연한 일이라고 하셨던 것들이 누구에게나 당연한 일은 아니에요. 모든 부모가 온전히 희생으로 아이를 키우는 것은 아니잖아요. 감사하다고, 사랑한다고 다시 한 번 말씀드렸습니다.

하지만 아직도 잘 모른다고 하셨어요. 딸이 하나니까요. 본인들도 처음 겪어본 일들이라 모르는 게 너무 많다고 하셨는데 굳이 두려움이 가득한 상태에서 아이를 가질 필요는 없다는 것에는 공감해주셨습니다. 상황과 마음이 바뀌면 그때 다시 생각해도 늦지 않다고요. 지금은 나 자신이 더 중요하다고 생각한다면 중요한 나를 지키라고 하셨습니다.

그전엔 나누어보지 않았던 깊은 대화를 할 수 있어서 좋았습니다. 부모님의 사랑은 정말 대단해요. 시도 때도 없이 놀라고 감동해요. 저도 이런 좋은 부모가 될 수 있을지는 확실히 의문입니다.

변한 것과
변하지 않은 것

"나를 만난 후 당신은 지인들과의 술자리를 없앴고, 혼자 훌쩍 행하던 모든 일들도 나와 상의를 하게 되었어. 경제적 활동에 대한 생각이 바뀌었고, 청소와 정리의 모든 부분을 나에 맞게 바꿔주었지. 생활습관이랑 바이오리듬도 서로에게 맞춰주어야 했고, 장시간 운전을 도맡아 했어. 며칠간 힘들게 일해도 늘 일정 게이지로 맞춰져 있던 당신의 에너지는 금세 소진이 될 것 같이 깜빡거렸고, 면역력 저하로 인해 비염과 알레르기가 생겼어. 반짝반짝하고 늘 활기 넘치던 김지철이라는 사람은 나라는 변수 하나로 이미 많은 부분이 변화되었지. 난 당신이 가장이 되어가는 모습을 바라지 않아. 늘 내가 처음 사랑에 빠졌던 그 모습 그대로 나와 함께 있어 주길 바라."

제 이기적인 부분에 대해 털어놓아야 할 것 같습니다. 사실 저는 평생 한 사람만을 사랑하고 그 사랑을 지켜나갈 자신이 없었기 때문에 20대 중반부터 비혼주의자로 살아야겠다 결심했었습니다. 누군가와 발을 맞추어나갈 자신도 없었고 다른 사람의 눈치를 지나치게 보는 스스로를 잘 알았기 때문에 결혼이라는 형식과 제도 자체가 제 삶과 잘 어울리는 건 아니라고 생각했었어요. 일단 부모님께서도 찬성을 해주셨고, 사회적으로도 그 선택은 개인의 자유가 되어 크게 강요되지도 않았습니다.

그러던 어느 날 지금의 남편을 만나고 연인 사이가 되었습니다. 사람 자체가 긍정적이고 밝은 에너지가 넘치는 편이었기 때문에 그 당시 마음이 많이 닫혀서 철저히 다른 사람같이 살던 저에게 큰 힘이 되어주었습니다. 그리고 이 사람 앞에서만큼은 쓰고 있던 가면을 벗는다는 기분이 들 만큼 솔직한 제 모습을 많이 보여줄 수 있는 사람이었어요. 주문 제작한 듯 저한테 딱 맞춰져 있는 사람 같았어요. 결혼을 하지 않는다면 언젠간 이 만남이 끝이 날 텐데 이 사람을 놓치고 싶지 않아 평생 내 옆에 묶어놓고 싶다는 이기적인 생각으로 결혼을 결심했을지도 모릅니다.

결혼 후 많은 일이 있었으나 결론부터 얘기하자면…… 정말 솔직히 얘기한다면, 전 처음에 제가 느낀 대로 결혼과 맞는 사람이 아니었습니다. 하지만 과거로 시간을 되돌린다 해도 그 시기 그 감정으로는 무조건 이 사람을 잡았을 것이기 때문에 후회는 없습니다.

결혼생활은 생각보다 훨씬 어려웠습니다. 연인 사이일 때 우리의 관계는 상호보완적인 관계가 아니었어요. 제 모든 이야기를 들어주고 제 행동을 다 이해해주던 남편은 어린 시절의 부모님과 같은 존재였습니다. 부모님으로부터 독립해 10여 년을 정서적으로 외롭게 지냈던 저에게 엄청난 존재였던 것이 분명해요. 지금의 남편을 만나기 전에 몇 번의 연애를 거쳤지만 그 안에서도 저는 온전한 제가 아니었고 늘 어느 정도 꾸며진 모습으로 상대를 대해왔었는데 남편에게만은 달랐습니다. 그런 저를 불만 하나 없이 다 감싸주고 안아주던 사람이었습니다.

결혼을 하고 나서는 모든 게 바뀌었습니다. 그동안 모든 걸 감내하기만 했던 남편의 행동이 변했어요. 물론 남편의 모든 말과 행동은 우리의 발전적인 삶을 위한 것이 분명했습니다만, 저는 더 이상 저의 투정이나 불만을 받아주지 않는 남편에게 불만이 생기기 시작했고, 그 생각이 안 좋은 방향으로 굳어져 더 이상 저를 사랑하지 않는다는 비약까지 하게 되었어요.

물론 저도 변했습니다. 결혼 전 일방적으로 기대려고 하기만 했던 저는 결혼이라는 작은 의식 하나만으로 책임감이 생겨버렸습니다. 나의 행동 하나가 이제 남편에게까지 영향을 미칠 수도 있고 남편의 가족들에게까지 나아갈 수 있다고 생각하다 보니, 스스로를 더 조이고 압박하며 검열을 해댔습니다. 남편도 저와 같은 가치관을 가지기를 바랐고 궁극적인 삶의 목표가 같기를 바라다 보니 남편의 모든 일거수일투족에 지나치게 관여하기 시작했습니다.

간단하게는 옷차림이라든지 생활습관부터 더 나아가 가지고 있던 사회적 도덕적 신념들까지 바꾸려 들었어요. 그러면서도 전처럼 기대고 싶을 때 혹시 저의 오락가락하는 감정들이 같은 직업으로서 감정을 소모해야 하는 남편의 일에 영향을 미칠까 봐 정말 솔직한 대화를 나누지 못했습니다.

위에 열거한 우리의 변화도 인지하지 못하다가 상담을 통해 알게 되었습니다. 그래서 우리가 변화한 이유를 알지 못했을 때는 서로에게 짜증을 내는 일이 많아졌고 서로의 일에 신경이 더 곤두서 있던 시기를 보냈어요. 아직 서로를 너무나 사랑하지만 우리가 부르는 호칭이 달라졌듯 우리의 상황이 바뀌었고, 점차 서로 편해지다 보니 태도가 바뀐 것이었을 뿐 감정이 달라진 것은 아니었을 텐데 말입니다.

연인 시절 우리는 술 한 잔을 기울이며 서로에 대한 이야기를 허심탄회하게 나누었습니다. 대화가 많을 땐 앙금이 남기 전에 우리의 관계를 휘저어 풀어줄 수 있었지만, 익숙해지다 보니 굳이 말을 하지 않아도 서로를 너무나 잘 안다는 오만함으로 대화가 줄어들게 되었고, 우리의 많은 감정은 해소가 되지 않은 채 계속 가라앉고 있는 것이었습니다.

오래된 연인일지라도 결혼 후 겪는 변화는 생각보다 심하고 가파르다고 했습니다. 결혼 후 상대방이 변했다는 부정적 감정도 그에 따른 서운함과 배신감도 당연히 느낄 수 있는 감정이라고 했습니다.

남편은 결혼 후에 너무 다른 사람이 된 것 같았습니다. 결혼이라는 큰 변화에 내가 사랑했던 사람이 사라진 것 같은 기분이었어요. 이 마음이 정리되지 않은 채 2세 문제를 생각하려 하니 자연스레 마음에 과부하가 걸려 아이에 대해 더욱더 저항적이었을 수 있다는 얘기를 듣고는 어느 정도 공감을 했습니다. 제 마음 구석 어디선가 아이가 생기면 우리의 관계가 한 번 더 크게 변할 수 있다는 점에서 완강히 거부하는 것일 수도 있겠어요.

상담 후 우리의 변화에 대해 많은 대화를 나누었고 앞으로도 대화를 통해 문제점과 보완점을 찾아 나가기로 했습니다. 우리가 서로에 대한 감정이 변하지 않았다는 위안만으로도 일단은 충분했습니다.

진짜 감정들과
가짜 걱정들

"언젠간 당신이 그랬지. 늘 계획적으로 계산하며 살고 싶어 하는 나에게 삶은 마음대로 되는 게 아니기 때문에 열어놓고 넓게 생각해보는 건 어떻겠냐고. 하지만 난 그다지 공감을 할 수 없었어. 육아로 생길 금전적 문제, 달라질 일상생활의 변화 등 당장 현실적으로 맞닥뜨려야 할 수많은 문제와 갈등들이 있는데 어떻게 걱정하지 않고 대비하지 않을 수 있지?"

편지를 쓰다 느낀 제 자신의 모습은 걱정이 너무 많고 부정적인 생각을 끊임없이 물고 늘어진다는 것이었습니다. 일어나지도 않은 일들에 대한 두려움을 스스로 키우고 있어요. 남들이 보는 저의 모습은 늘 대범하고 씩씩하게 무엇이든 도전해보는 당찬 사람일 텐데 말이에요.

상담 과정을 통해 알게 되었던 부분 중 하나가 습관적으로 스스로를 포장하고 다른 모습으로 꾸미고 있다는 점이었습니다. 사회생활을 하는 우리 모두가 어느 정도 자신을 포장할 수 있는 기술을 가지고 있겠지만, 저는 대중적 인식과 편견에 따라 일과 역할에도 영향을 받는 직업을 가지고 있다 보니 그 부분에 대해서 더 많은 신경을 기울이고 있을 수도 있어요.

돌이켜 생각해보면 제 삶의 대부분은 일에 대한 열정으로 채워져 있었습니다. 많은 돈을 벌고 싶어서라기보다 배우로서 인정받아 하고 싶은 연기를 하고 싶었어요. 외적인 한계가 분명히 있었지만 나이가 들어가고 성숙해지며 채워지는 과정이라 생각하고 있는 자리에서 열심히 기다렸습니다. 더 나은 미래의 내 모습을 위해 늘 최선을 다했고 그러다 보니 만족할 만한 작품 속 제 모습도 있었지만 욕심으로 인해 과하게 보이는 제 모습도 있었어요. 그럴 때마다 제 안에 있는 욕심을 내려놓으려 노력했습니다. 하지만 끊임없이 스스로를 포장하여 누군가의 사랑을 받기를 갈구해왔던 것 같아요.

과거에 했던 인터뷰들에는 제가 살아온 흔적들과 변해온 가치관, 생각의 길들이 보이는 것 같아서 재밌기도 하고 늘 새롭게 다가와 자주 찾아보곤 했는데 상담 후 찾아본 저의 과거 흔적들은 조금은 슬프게 다가왔습니다. 이때는 내가 심리적으로 불안한 상태였구나, 멋있어 보이려고 노력했구나, 어느 시기에는 정말 내가 아예 사라진 채로 살아왔구나, 그래서 언제부터인가 나의 기억은 추억이나 시기가 아닌 작품으로 기억되는 거였구나.

지금부터라도 제 자신을 잃고 싶지가 않아졌습니다. 적어도 지금 나를 만들고 있는 내 생각, 행동들이 어떤 것들인지는 알고 싶었습니다. 상담 선생님은 새로운 감정이 들거나 특별한 일이 있던 날에 일기를 쓰기를 권하셨어요. 좋은 방법인 걸 알고 있습니다. 하지만 분명 이전에도 스스로에 대한 이질감을 느껴 내 마음을 들여다보기 위해 일기를 쓰던 때가 있었는데, 저에게 일기란 일주일에 세 번 이상 쓰고 선생님한테 검사를 받기 위한 숙제였던 시기가 있었기 때문에 이마저도 솔직하게 써지지가 않더라고요.

그래서 다른 방법을 찾아보았습니다. 특별한 계기나 이유가 없이 갑자기 부정적 생각이나 상념들이 나를 지배하려고 할 때마다 핸드폰을 꺼내 잠겨 있는 메모장에 제 생각을 적어내려 갔습니다. 그 행위만으로도 지금 내가 하고 있는 생각들이 어느 정도 정리가 되었어요. 지금의 나를 만드는 "진짜" 감정들이 궁금해질 때 객관적으로 스스로를 돌아볼 수 있고, 포장한 내가 하는 "가짜" 걱정들을 어느 정도 쳐낼 수 있어서 좋았어요.

내가 부정하고 싶었던
나의 모습

"나는 내가 집중해서 들어야 하는 소리를 제외한 다른 모든 소리들을 소음으로 인지하고 있는 듯해. 스스로에 대해 잘 몰랐을 때, 하루 종일 노래를 하는 당신에게 나도 모르게 화를 낸 적도 있었고 고양이들이 예뻐해 달라며 우는 소리에도 신경이 거슬려 눈물이 왈칵 날 때가 있었어. 이런저런 검사와 테스트 끝에 내가 청각에 과민한 사람이라는 사실을 깨달았을 때 가장 먼저 드는 생각이 하나 있었어. 아기 울음소리에 과연 나의 인내심은 바닥이 나지 않을 수 있을까?"

사실 저는 주변에서 저를 평가하는 단어 중에 예민함이라는 말을 가장 싫어했어요. 단어 자체가 품고 있는 뉘앙스가 긍정적 느낌은 아니라고 생각했기 때문이에요.

상담 과정에서도 선천적으로 예민한 성격인 것 같다는 선생님의 말에 순간적으로 경계심이 들더라고요. 제가 지금까지 털어놓은 이야기들이 유난스럽거나 불편하게 들리셨냐고 다시 여쭤어보았습니다. 선생님은 좀 놀랐다고 하셨어요. 나쁜 뜻으로 한 말이 아닌데 제 되물음이 좀 날카로웠나 봐요. 우린 잠시 어린 시절에 대한 대화를 나누었습니다.

엄마는 저를 예민한 어린이라고 놀리시고는 했는데 이유를 여쭤보니 초등학생 때 여자애들만 골라 놀리는 남자애들을 아주 싫어해서 이유를 만들어서라도 꼭 복수를 하고, 작은 소음에도 쉽게 짜증을 냈으며, 집 안에 풍기는 생선 굽는 냄새를 아주 싫어했다고 합니다. 전반적으로 모든 감각에 있어서 예민하고 신경질적이었다고 해요.

평소에 엄마에게 안겨 있는 걸 좋아하다가도 무언가에 집중하고 있을 때는 스킨십을 거부하며 방해하지 말라고 단호하게 애기하는 어린이였다고 하더라고요. 전 기억이 잘 나지 않지만 호불호가 분명하고 아닌 건 아니라고 말하며, 불편하면 불편하다고 바로 표현하는 그런 어린이였나 봐요. 하지만 초등학교 고학년이 되면서 이런 저의 성격 및 행동들 때문에 친구들과 멀어진 일을 계기로 점차 예민함을 숨겨가야 했습니다. 저도 예민하게 자신의 의사를 표출하는 사람보다는 좋은 게 좋은 거라며 동글동글하게 지내는 사람들을 더 좋아했으니까요.

없어진 게 아니라 숨기려 했기 때문인지 어느샌가 제 속에는 분노가 자라났습니다. 순간적으로 불편해진 감정들을 참아내려고 에너지를 쓰기 때문이에요. 어떤 감각이든 감정이든 일단은 참아 넘기려고 하다 보니 때로는 더더욱 날카로워져 버렸습니다. 공공장소에서 시끄럽게 통화를 하는 사람이라든지, 듣고 싶지 않은 소음을 주기적으로 발생시키면서 그것을 본인만 모르는 사람이라든지, 기본적인 예의가 없이 무례하게 행동하는 게 습관이 되어버린 사람이라든지. 참다 참다 어느 순간에 과민반응으로 나타나더라고요. 신경이 과민해진 상황에서 계속 그 불편함들에 노출되어 있을 때 달라지는 심장박동, 극심한 두통, 참을 수 없는 분노 등이 일어났습니다.

화가 나 견딜 수 없어서 화장실로 달려가 속을 게워내는 행위로 표출되기도 하고 갑작스러운 오열 등으로 이어지기도 했습니다. 바닥을 친 기분을 다시 끌어올리기 위해선 충동적이고 자극적인 행위들이 필요했습니다. 평소 같으면 절대 하지 않았을 행동을 한다거나, 갑자기 훌쩍 어디론가 여행을 떠나거나, 쓰지도 않을 겉모습만 예쁜 물건을 충동적으로 사기도 하고, 이기지도 못할 술을 많이 마시기도 했습니다.

전반적으로 제가 가지고 있는 문제들의 방향은 한결같았습니다. 이것 또한 스스로 좋은 사람의 경계를 정해놓고 저의 모습은 숨기기 때문이었습니다. 예민하고 날카로운 사람보다는 성격 좋고 둥그런 사람이 되고 싶다는 저의 결심은 스스로를 계속 변화시키려 하고 재단해왔습니다. 노력으로 되는 부분도 물론 있겠지만 특정 부분에 예민해지는 성향은 아무리 참아내려 해도 결국 분노조절에 문제가 생길 만큼 고쳐지지 않는 저의 근본적 모습임을 알게 되었어요.

몇 년 전 같이 예능작품을 했던 동생이 저에 대해 "언니는 성격이 좋은 것 같으면서도 전반적으로 깔려 있는 예민함이 매력적이야"라고 말해 준 기억이 납니다. 그 얘기를 들었을 때, 뭔가 속마음을 들킨 것 같아서 당황하기도 했고, 저를 관찰한 그 동생이 조금 무섭기도 했어요. 그 뒤엔 제가 가지고 있는 예민함이 배우로서 많은 발전을 가져다줄 거라고도 말해주었습니다. 엄청난 칭찬이었는데 그땐 좋고 순수하게만 받아들일 수 없었어요. 혹시 이 글을 보고 있다면 지금이라도 고맙다고 얘기하고 싶네요.

　예민하다는 단어의 뉘앙스가 부정적이라는 생각을 버리려 합니다. 얼마 전 함께 시나리오에 대한 대화를 나누던 감독님께서도 "엄청 예민하고, 섬세하시네요"라고 말씀하셨습니다. 신경을 곤두세워 예민하게 대본을 읽다 보니 숨겨놓은 의도를 바로 파악해냈기 때문에 칭찬으로 건네신 말이었어요. 예민이라는 단어에 한순간 살짝 표정관리가 안 됐던 것 같은데 최대한 좋은 뜻으로 받아들이려 노력했습니다.

　제 성향을 인정하고 나니 마음에 편안해졌습니다. 하지만 저의 과한 걱정과 두려움들이 다 예민함에서 오는 것은 아닐 거라 생각합니다. 이건 또 어떻게 인지하고 마음을 다스려야 하는 걸까요?

내가 모성애가
부족한 사람이면 어쩌지

"나는 아이를 무조건적으로 이해하는 엄마가 되지는 못할 것 같아. 내가 원하는 대로 자라주는 존재가 아님을 알고 있으면서도 아이가 도덕적인 잘못을 저지르거나 이해할 수 없는 행동으로 누군가에게 피해를 끼친다면 나는 가시 돋친 말과 행동으로 아이에게 상처를 남길 것 같아. 말과 행동을 최대한 조심하며 참고 살아간다 하더라도 깊은 마음속에 내 아이에게 증오의 감정이 쌓이게 될까 봐 무서워."

모든 이야기들이 조심스럽습니다만 이 또한 저의 큰 걱정과 두려움 중 하나입니다. 저는 직업상 편의를 누리는 일도 많지만 부당한 일을 참고 넘어가야 하는 경우도 많습니다.

　예를 들어 음식점에서 주문이 잘못 들어가 제가 싫어하는 음식으로 잘못 나왔을 때 다시 만들어 달라고 요구를 한다거나 컴플레인을 걸고 싶기도 하고, 관공서에서 담당자가 실수로 서류를 누락해 기한 내 신청해야 할 서류접수가 강제 취소되면 크게 따지고 싶기도 하고, 운전 중에 작은 시비가 붙었을 때 상대 운전자 분이 모욕적인 심한 말을 하면 저도 같이 욕을 하며 싸우고 싶기도 하지만 대부분 그냥 넘어갑니다. '혹시나 내 언행이 상대방에게 큰 상처를 남기지는 않을까?' '나를 너무 까다로운 사람으로 보면 어쩌지?' '그래서 내가 나오는 작품을 볼 때마다 그때 일이 떠올라 그 작품 자체가 보기 싫어지면 어쩌지?' 물론 과한 걱정이라는 것도 알고 있습니다.

　하지만 가끔 사진 요청을 하시는 분들께 오늘 피부 트러블이 심하다거나 급하게 다른 장소로 이동해서 촬영을 해야 한다는 이유로 거절했을 때 불쾌감을 느끼셨다는 글들을 발견할 때가 있어요. 정말 정중하게 말씀드렸다고 생각했지만 받아들이시는 분들이 불쾌하셨다면 제가 돌이키기는 어려운 부분이잖아요. 최대한 모든 행동에 조심하지만 문제가 될 요소는 어디에나 숨어서 절 공격할 기회를 엿보고 있는 것만 같아요.

결혼을 하고 나서는 그 두려움과 걱정이 더 심해졌습니다. 제가 하는 행동들이 남편의 일에도 직·간접적인 영향을 미칠 수 있으니까요. 불가피한 상황들조차 말이에요. 예를 들어 면역력이 떨어져 독감에 걸린 제가 독감을 남편에게 옮긴다든지, 저도 모르는 새에 코로나에 감염된다든지 하는 일들이 생기면 함께 생활하는 남편에게 영향을 끼치기도 하고, 나아가 남편과 함께 일하는 분들께도 피해를 끼칠 수 있는 부분이기 때문에 신경 쓸 일이 훨씬 많아졌습니다.

그러다 보니 남편에게 하는 잔소리도 늘어났어요. 민감해진 사회 이슈나 단어, 행동들에 대한 주의를 당부했고, 작품 해석이라든지 캐릭터 구축에 대해서까지 저도 모르게 관여를 하고 있었어요. 남편도 이로 인해 압박을 받기도 하고 저처럼 조심성과 걱정이 늘어났습니다. 남편까지도 틀에 가둬 놓는 것 같아서 미안한 마음이 들기는 하지만 그래도 조심해서 나쁠 건 없다고 생각하거든요.

원룸에 살던 시절엔 고양이 울음소리에도 민감했습니다. 새벽에 울어대는 고양이들을 안정시키려 달래고 쓰다듬느라

잠을 설치기까지 했고, 우다다 뛰어다니면 혹시나 아래층에
그 소리가 크게 울려 퍼지지는 않을까 걱정이었어요.

이토록 스스로를 옥죄면서까지 매사 조심하고 여러 번 생
각하고 행동하는데 아이가 생기면 이 부분들을 어떻게 감당
해야 할지 감도 오지 않았습니다. 친구들과 작은 싸움에서
우리 아이가 피해를 입었을 때, 내 아이가 부당한 일을 당했
을 때 나는 부모로서 과연 어떻게 행동할 것인가. 어떻게 행
동하는 게 현명한 것일까.

최대한 집에서 바른 교육을 시켜 사회적으로 문제가 없는
아이로 키워야겠지만 미성숙한 아이가 사고라도 쳤을 때, 부
모로서 그것을 어떻게 받아들일 것인가 생각해보았습니다.
부모라는 이름으로 모든 것을 다 품을 수 있을 것인가. 하지
만 타인에게 피해를 입혔을 경우, 혹은 사회적으로 문제가
되는 일이 생겼을 경우, 저는 아무리 제 아이라도 원망하거
나 미워하지 않을 수 없을 것 같아요.

저는 이 모든 것에 현명하게 대처할 자신이 없습니다. 하
지만 다행히 상담 선생님은 일상생활이 불가능할 만큼 걱정
과 불안에 지배를 받고 있는 상황이 아니라면, 현대사회를
살아가는 구성원으로서 한 번쯤 생각해봐야 할 일이고 오히
려 좋은 태도라고 위로해주셨습니다. 사회가 점점 개인주의

가 되어가면서 간과할 수 있는 부분이고 이로 인해 많은 사람들이 간접적 피해를 겪고 있기 때문에 건강하고 성숙한 사람으로 살고 싶다면 이런 고민들이 반드시 필요하다고요.

하지만 자신의 걱정을 객관적으로 볼 수 있는 눈도 필요하다고 했습니다. 주변인들과의 대화가 중요하다고 했어요. 혼자 걱정하고 신경 쓰다 보면 자신만의 생각에 빠져 우울감이나 불안감이 더 커질 수도 있기 때문에, 걱정이 꼬리를 물어 계속 이어지는 것이 버겁고 힘들다 싶으면, 주변인들에게도 생각을 물어보고 여러 사람의 의견을 참고해 내 생각을 정리해나가거나 부정적 견해들을 자를 수도 있어야 한다고 했습니다.

스스로를 돌이켜봤을 때 저는 건강한 고민과 부정적 걱정의 적정선을 살짝 넘어간 상태로 불안정하게 줄타기를 하고 있다는 걸 깨달았어요. 속 안에 고여 있던 많은 생각들을 남편을 비롯한 지인들과 함께 대화로 풀어 흘려보낼 수 있도록 노력해봐야겠어요.

돌아보지
못했던 것들

"어느 날 엄마가 얘기하더라. 딸이랑 같이 찍은 사진이 많이 없다고. 다른 친구들은 딸과 함께 여행도 다니면서 많은 시간을 보내는데 엄마는 나와 보낸 시간이 생각보다 너무 적은 것 같다고. 나는 곧바로 "난 집을 사줬잖아"라고 외쳤고 엄마도 동조하며 웃고 넘겼지만 스쳐 지나간 표정엔 서운함이 많이 남아 있는 것 같았어. 엄마가 정말 원했던 것 어느 쪽이었을까?"

사람마다 행복을 느끼는 기준점이 다르잖아요. 상담 중 어떤 순간에 행복과 만족감을 가장 크게 느끼는지에 대한 질문을 받았는데 선뜻 대답을 하지 못했어요. 제가 좋아하는 것들에 대해 많은 부분을 잊고 살았던 것 같아요. 그래서 가만히 생각해보는 시간을 가졌습니다. 나는 언제 가장 행복해할까?

　저는 목표를 정해두고 무언가를 해낸 성취감에 행복을 느낍니다. 결과적으로 큰 인정을 받지는 못할지라도 해냈다는 만족감과 순간적 해방감이 주는 전율을 참 좋아하는 것 같아요. 이미 끝나서 돌이킬 수 없는 상황에도 별다른 후회나 실망감을 크게 느끼지 않습니다. 반성이 있을지언정 그 반성은 미래를 위한 희망의 밑거름으로 쓰인다고 믿기 때문에 결과가 좋지 않더라도 절망하지 않아요.

　학창 시절, 시험을 목표로 두고 공부를 하는 과정이 즐거웠기 때문에 성적은 좋은 편이었고, 공부에 대한 스트레스도 다른 친구들보다는 적었던 것 같아요. 언젠간 끝날 목표지점이 확실한 달리기라고 생각해서 힘들더라도 결승점을 보고 힘을 내는 편이었어요.

　작품에 임할 때도 시청률과 스코어가 좋지 않다 할지라도 짧은 기간 동안 최선을 다해 매진하고 홀가분하게 털어내기 때문에 늘 새 작품을 만날 생각을 하면 설렙니다. 분명 압박과 스트레스가 없는 건 아니지만 일 외에 다른 것들의 기억이 흐릿할 정도로 구성원 모두가 같은 목표점을 향해 함께 노력하는 시간을 좋아하고 행복을 느낍니다.

　개인적으로는 맛있는 음식과 함께 반주를 곁들이며 남편과 진솔한 대화를 나누는 것에 큰 행복과 안정감을 느낍니다. 물론 너무 많은 외식비 지출과 몸무게 증가로 인하여 자제하고 있기는 하지만 가끔씩 맞이하는 그런 특별한 순간들이 너무 소중해요. 부모님 집에 들러 소파에 누워 도란도란 이야기를 나누는 것도 좋아하고 친구와 서로의 근황을 나누며 커피를 마시고 맛있는 빵을 먹는 것도 정말 좋아합니다. 생각해보면 저의 행복한 순간들은 근사하거나 특별한 것이 아니라 삶과 일상에서 다 찾을 수 있는 소소하지만 확실한 것들이었습니다.

　부모님의 영향이 크겠지만 사실 금전적인 부분에 대해서는 큰 욕심도 없고 그것이 대단한 만족감을 주지도 못합니다. 저는 부유하지는 않았지만 평온한 유년시절을 보냈습니다. 금전적으로 누리는 행복감보다 평온함에서 느껴지는 안정감이 중요한 아이로 자랐나 봅니다.

　어머니는 제가 중학교에 입학하면서 학교에서 지내는 시간이 길어지자 동네에서 작은 보세 옷 가게를 열어 운영하셨습니다. 때문에 저는 다른 친구들에 비해 엄청 많은 양의 옷과 가방을 입고 들어볼 수 있었습니다. 책과 문제집에 대한 지출을 아끼지 않으셨고, 늘 맛있는 저녁을 먹으며 대화의 시간을 가졌습니다.

전반적으로 부족함이 없는 학창 시절을 보냈지만 어머니 옷 가게의 폐업과 아버지의 이직, 그리고 제 소속사 위약금 분쟁 등 여러 악재가 겹치면서 집이 급격히 어려워졌고, 부모님이 정성으로 마련한 자가를 팔고 반전세로 옮겨야 하는 상황이 되었습니다. 그러면서 제 목표는 부모님의 집 마련으로 설정되었고 그 때문에 일을 더 열심히 하고 더욱 아끼며 생활했습니다.

그 과정은 힘들었어도 뿌듯했습니다. 일을 하면서는 행복했고 돈을 모으면서는 성취감을 느꼈어요. 결국 제 노력으로 부모님 집을 장만하게 되었고, 다시금 목표를 변경해 제 집을 사기 위해 달려왔고, 분리형 원룸이긴 했지만 그래도 서른세 살에 대출을 끼고 제 집을 장만하기에 이르렀습니다.

하지만 인생이 계획대로만 되는 게 아니죠. 저는 갑자기 일적으로 큰 변수를 겪어야 했습니다. 주로 밝고 어린 역할을 많이 맡아왔는데 서서히 나이의 한계에 부딪히며 일이 조금씩 줄어들던 시기를 겪었어요. 이미지 변신이 필요한 때였습니다. 수입이 아예 없었던 것은 아니었지만 부모님의 생활비 일부와 제 생활비, 그리고 대출금 등을 감당해내야 했었기 때문에 처음으로 금전적 압박을 받기 시작했어요. 중요하다고 생각하지 않던 문제가 당장 발등에 불로 떨어져 그것을 쫓아야 할 때 모든 것들이 조금씩 더 불안해져버렸습니다.

제 마음에 물었습니다. 진정으로 원하는 것이 무엇이고 어떨 때 행복을 느끼는지. 당장에 큰 문제가 생기는 상황이 아님에도 다음 달을, 다음 계절을 또 그다음 해를 미리 걱정하느라 작게나마 행복을 느끼던 모든 것들을 잠시 잊어버렸고 마음은 더욱 조급해져서 목표지점을 잃고 표류하고 있는 저를 발견했습니다. 그로 인해 제가 느끼던 순수한 추억들마저 왜곡되어가고 있다는 것을 깨달았습니다.

금전적 고민들이 생긴 순간부터 시작된 불안감들이 더 이상 저를 망가뜨리지 않도록 위기의 순간이 올 때마다 제 삶의 작은 목표를 새롭게 설정하고, 그 지점을 향해 다시 즐겁고 바쁘게 움직일 수 있도록 마음을 다잡는다면 모든 상황을 조금 더 희망적으로 볼 수 있을 것 같습니다.

엄마에게도 다시 한 번 물어보았습니다. 나와 여행을 가고 사진을 찍는 것이 정말 원하는 일이었냐고, 그게 엄마가 생각하는 행복이었냐고요. 그냥 투정이라며 웃으셨습니다. 얘기를 꺼내신 그날 기분전환이 필요했고 바람을 쐬고 싶었는데 표현을 그렇게 하셨대요. 집에서 편하게 생활하고 영화나 드라마에서 연기하는 딸을 보는 것이 가장 행복한 일이라고 하셨습니다.

그리고 저와의 대화로 정말 행복했던 순간과 기억들에 대해 생각해볼 시간이 주어져 좋다는 말씀도 하셨습니다. 혹시 제가 미안해할까 봐 본인의 감정을 좋게 포장해주셨을 수도 있으니 조만간 엄마와 둘이 떠나는 여행을 계획해야겠습니다.

참 다행인
일

"얼마 전 오랫동안 논의를 나누던 작품에 참여할
수 없다는 소식을 들었어. 아이를 키우는 엄마 역할
이었는데 내게 아직 아이가 없으니 믿고 맡기기 어렵
다는 통보였지. 화가 났어. 아이의 유무가 나의 커
리어에 영향을 미친다는 게 이해가 되지 않았어. 우
리의 개인적인 결정과 선택이 결격사유라도 되는 것
처럼 치부되다니…… 지금 2021년 맞는 거야?"

이 시점에 남편이 이 책의 존재를 알게 되었습니다. 하필 편지를 쓰고 있을 때 출연 불발 통보를 받았고 같이 결과를 기다렸던 남편에게 바로 전화를 걸어 엉엉 울어버렸습니다. 평소보다 더 민감하게 반응하는 제 상태를 설명을 하기 위해 지금 제가 겪고 있는 감정의 파도에 대해 털어놓을 수밖에 없었어요.

그동안 제 감정을 스스로를 다스릴 줄 안다고 생각해왔습니다. 누군가가 이유 없이 저를 미워하거나 비난할 때는 그 사람의 결핍 중 제가 가지고 있는 무언가를 질투해서 나오는 분노 표현이라고 생각해 오히려 그 사람을 측은하게 여겨 넘겨버리려 했고, 반대로 제가 누군가에게 질투가 느낄 때는 저의 열등감이 표출된 것이라고 생각하고 그때마다 스스로를 발전시키려 노력해왔어요.

많은 오디션에 떨어졌고, 작품이 진행 중에 취소되거나 혹은 갑자기 캐스팅이 번복된 적도 있었지만 그때마다 스스로의 부족함을 탓했지 부당하다고 느꼈던 경우는 많지 않았습니다. 어떤 배역에 이미지상 어울리지 않는다는 통보를 받으면 그 이미지에 맞게 평소 습관이나 말투를 고쳐보려 끊임없이 새로운 시도를 해왔고, 경험해보지 못한 직업을 만나게 되면 주위를 수소문해 조금이라도 배우려 노력했어요.

요즘에는 관련 유튜브나 자료들을 찾아 공부하는 등 제가 가지고 있지 못한 부분을 채우려고 합니다. 나이에 비해 어려 보인다는 말을 들으면 옷 스타일이나 화장법을 바꿔보고, 특정 배역을 잘 해낼 수 있을지 의문이라는 피드백을 받으면 저에 대한 편견을 무너뜨려 새로운 모습을 발견할 수 있도록 창작진들과 많은 대화의 시간을 가졌습니다.

어쩌면 핑계일 수도 있겠지요. 저보다 훨씬 훌륭한 배우분이 그 역할에 욕심을 냈을 수도 있고 제 인지도나 행보가 그 작품에 비해 부족했을 수도 있습니다. 오히려 이쪽이 배우에게 상처가 될 것이라고 생각하여 돌려 말한 것일 수도 있겠지만 쉽게 납득하긴 힘들었어요. 우리가 아이가 없는 삶을 선택했을 경우 또다시 마주하게 될 상황이 아닐까 하는 걱정이 생겼고, 이 부분이 배우생활을 하면서 늘 걸림돌이 되지는 않을까 불안해졌어요.

아주 잠시나마 직업적 영위를 위해 아이를 낳아야 하는 것인가 하는 말도 안 되는 생각도 하게 되었습니다. 하지만 저는 범죄를 저지르지 않고도 범죄자 역할을 할 수 있고, 경험해보지 않은 직업을 표현해내기도 하는, 실존하지 않는 인물을 상상하여 만들어내 연기하는 배우잖아요.

아직까지 저는 아이 문제로 야기된 불안과 걱정들에 대해 명

확한 이유와 해답을 찾지 못한 것 같습니다. 전과가 없으니 범죄자 역을 맡길 수 없다는 말을 들었더라도 이렇게까지 분노하고 화가 났을까요? 그냥 황당하게 웃어넘겼겠지요. 아이에 대한 얘기가 나오면 일단 과민한 반응부터 내보이고 있는 것을 보니 앞으로도 계속 제 감정과 대화를 나누어봐야겠습니다.

남편은 언제부터인가 아이 얘기가 나오면 자기 눈치를 보는 것을 알고 있다면서 그럴 필요 없다고, 온전히 우리의 선택이고 천천히 저의 결정을 기다릴 테니 불안해하거나 급해지지 말라며 절 위로했습니다. 그날 이후 오히려 더 편하게 아이에 대한 대화를 나눌 수 있게 되었어요. 남편은 누구보다도 제 마음을 잘 이해해주고 있고, 제가 받는 상담들도 저에게 큰 도움이 될 거라 믿고 지지해주고 있습니다. 수많은 사람 중에 이 사람을 만나 참 다행입니다.

참, 책을 쓰는 동안 그 작품의 캐스팅 기사가 났어요. 저보다 어리고 아이도 없는 미혼의 배우 분께서 그 역할을 맡으셨더라고요. 출연 불발 통보에 저는 온갖 압박적 생각들을 키워내며 아이가 없ㅈ이 살고 싶다는 제 생각이 잘못된 생각인지 돌이켜보기도 하고, 이유가 정당하지 못하다는 생각에 화가 나기도 하고, 작품을 진행하던 회사 본부장님께 죄송해하기도 하는 등 혼란스러운 시간을 보냈는데 모두 필요 없던 허무한 결말이었습니다. 괜한 감정의 에너지를 쏟았네요.

고양이들과 함께 사는 일은 정서적으로 아주 긍정적인 영향을 줍니다. 작은 행동 하나에도 행복감을 느끼고 눈을 바라보고 있을 때면 세상 어떤 부정적인 생각도 한순간에 녹아내릴 만큼, 말 그대로 힐링돼요.

하지만 함께 사는 일이 쉽지만은 않습니다. 순하고 착한 고양이들이지만 신경을 안 쓰고 자주 놀아주지 않으면 이불에 쉬테러를 하기도 하고 괜히 물건들을 바닥으로 떨어뜨리기도 하는 등 말썽도 부려요. 가끔 먹어서는 안 될 것들을 삼켜서 전전긍긍하게 하고, 갑자기 힘이 없이 아프기도 하여 병원으로 뛰어가게 만들기도 해요. 오랜 시간 집을 비울 일이 생기면 부모님께 고양이를 돌봐달라고 부탁해야 하고, 매달 생활비의 일부분이 고양이들을 보살피는 데 쓰이기도 합니다. 세세하게 신경 쓸 일과 책임져야 할 일들이 엄청 늘었어요.

남편은 훗날 대형견을 입양하고 싶다고 했습니다. 하지만 저는 머냥이와 딱지가 우리의 마지막 반려동물이 되었으면 좋겠다고 얘기해왔어요. 저는 고양이와 함께 사는 일에 생각보다 큰 부담과 책임감을 느끼고 있는 게 분명했습니다. 이보다 열 배, 스무 배 훨씬 더 힘들 출산과 육아를 제가 감당해낼 수 있을지 모르겠어요.

상담 선생님은 제가 유독 책임감이라는 것에 부담을 크게 느끼는 유형의 사람이기 때문에 걱정이 많을 수밖에 없다고 말씀해주셨습니다. 육아도 충분히 누군가의 도움을 받을 수 있고 함께 해나갈 남편과 가족이 있으니 너무 부정적으로만 생각하지 않았으면 좋겠다는 말을 해주시면서도, 사실 본인도 한 아이의 엄마라면서 제가 지금 가지고 있는 걱정과 부담감에 더했으면 더했지 절대 덜하지는 않을 것이라면서 쉽게 조언할 수 있는 부분이 아니라고 하셨어요.

모든 건 제 마음과 제 상황에 달려 있습니다. 일단 제가 스스로를 신뢰하고 온전히 믿을 수 있을 만큼 제가 단단해져야 아이를 책임져야 하는 일에 부담을 줄일 수 있겠지요.

누군가에겐
행복한 그림

"사랑하는 당신과의 사이에서 새로운 생명이 생겼
을 때를 상상해보기도 해. 사랑을 나누고 임신 테
스트기에 그어진 두 줄을 보고 환호하며 손잡고
같이 산부인과에 가서 초음파로 보이는 콩만 한 아
기를 보고 신기해하겠지. 서서히 불러오는 배를 어
루만지며 대화를 나누어보기도 하고 나는 먹고 싶
은 음식을 마음껏 사다 달라 투정하며 아이가 먹고
싶어 한다는 애교를 부려보기도 할 거야. 진통이 오
면 함께 울고 아파하다 아기의 울음소리를 듣고는
세상을 다 가진 것 같은 미소를 짓겠지. 보통 영화
나 드라마에서는 이 모든 과정이 행복하게 그려지
는데…… 글쎄 나한테는 그렇지가 않아."

주변의 많은 친구들이 부모가 되었어요. 친구들의 이야기를 들어볼 기회가 생겼습니다. 무기력했던 삶에 새로운 환희와 행복을 얻은 친구들도 있었고 자신의 삶에 갑자기 찾아온 아이에 대해 큰 부담과 걱정을 떠안은 친구도 있었습니다. 하지만 아이를 낳고 키우면서는 체력적으로나 심적으로나 힘든 일들이 다 해소될 만큼 행복감을 느낀다는 친구들이 대부분이었습니다. 아기의 웃음은 세상 모든 근심과 걱정을 한방에 녹여줄 만큼 아주 강하고 확실한 행복의 마법이 숨어 있는 게 분명해요.

상황에 따라 다른 이야기를 들려주는 친구들도 있었습니다. 상대적으로 어린 나이에 엄마가 된 친구는 자신의 꿈을 이루지 못한 채 육아를 책임져야 했습니다. 사회적으로나 직업적으로 성공해가는 친구들을 보면서 상대적 박탈감을 느끼며 마음이 힘든 시기도 분명 있었으나 두 아이가 중학교에 들어가면서 다 보상받는 기분이라고 했어요. 아이를 다 키우고 나니 비교적 젊은 나이에 편안하게 제2의 인생을 시작하는 것 같다고요.

우리 부모님들 시대와는 다르게 30대 중반의 나이는 무언가를 다시 시작해도 전혀 늦지 않은 나이가 되었어요. 그 친구는 20대 초중반부터 아이들을 돌보며 잠시 자신의 시간을 멈추어야만 했지만 그 사이 다른 친구들이 겪어보지 못했던 많은 일들과 새로운 사회를 조금 더 빨리 경험하여 지금은 자유롭게 혼자 여행도 다니고 배우고 싶은 것도 마음껏 배우며 자신의 특기를 살려 창업 준비를 하고 있어요. 지금 다른 친구들이 육아와 일을 병행하며 힘들어할 때도 결국 자신이 최종 승자라는 농담 섞인 말을 할 만큼 여유로워졌습니다.

어떤 친구는 결혼과 출산을 현실로부터 벗어난 잠깐의 도피라고 표현했습니다. 자신의 꿈을 향해 치열하게 매달리다 절망에 빠졌을 때, 결혼으로 둥지를 찾고 아이를 낳아 기르면서 잠시 현실에서 벗어났다고 했어요. 결혼 전 세상은 너무나 가혹하고 힘들었는데, 그곳에서 벗어나 새롭게 찾은 행복이 너무 크다고요. 언젠가 다시 돌아가야 할지라도 전과는 다르게 성숙해져 있을 자신의 모습을 생각하면, 걱정보다는 기대가 된다는 이야기를 들려주었습니다. 아이가 울고 떼쓰고, 말을 듣지 않아 속상한 순간들은 잠시일 뿐 그 과정에서 배우고 발전해나가는 자신의 모습이 너무 소중하다고 했어요.

반면 또 다른 친구는 자신의 상황을 견디기 힘들어했습니다. 저와 같은 직업을 가지고 있는 그 친구는 누군가에게 늘 선택을 받아야 하는 우리 직업의 특성상 잠시 그 경쟁에서 벗어나 있다는 현실만으로 상당히 불안해했습니다. 흔히 말해 "성과"를 이루어놓은 어떤 사람에게는 출산 후 박수를 받으며 복귀작을 선택하는 상황이 되겠지만 그런 상황이 아닐 경우 대중과 관계자들에게 그냥 그렇게 잊히게 되어 그동안 노력했던 모든 시간과 과정들이 물거품이 될까 봐 하루하루 불안하다고 했습니다. SNS상의 모든 엄마들은 행복하기만 한데 본인은 행복한 엄마가 아니라서 아이에게 미안하기도 하고 본인에게도 실망하고 있다는 솔직한 얘기를 들려주었어요.

같은 직업의 다른 친구는 아이가 생겨 오히려 편안한 마음이 되었다고 했습니다. 엄마로 살면서 오히려 전보다 누릴 수 있는 행복이 많아졌다고 만족해했습니다. 자신이 다시 일을 못 하게 되는 상황이 되더라도 아이만 보고 살아갈 수 있다면 그것으로 행복한 삶을 계속 영위해나갈 수 있으리라는 확신이 생겼다고 했습니다.

주변의 모습들은 정말 다양했어요. 아빠가 된 어떤 친구는 책임감이 생겨 본인의 일에 더 많은 성과를 낼 수 있다고 기뻐했고, 다른 친구는 아이가 생겨 가장이 된 부담감에 더 힘들고 지쳐서 자신의 자유를 빼앗겼다고 표현했습니다. 이 모든 부분들은 개인의 성향과 가치관 그리고 개인적 문제들로 인해 각기 다른 형태로 나타나고 있는 것이에요. 제가 경험해보지 못한 상황들의 이야기들을 듣다 보니 저는 더 신중해지고 생각이 많아졌어요.

　모든 일에 두려움과 걱정부터 앞서지만 한번 마음을 먹으면 다른 생각들을 지우고 확실한 도전의식으로만 임해오던 저였습니다. 하지만 출산과 육아에 대한 문제는 도전의식만으로 행할 수 있는 문제가 아니기 때문에 더 어려운 것 같아요.

　심지어 상담을 해주시는 많은 선생님들의 조언과 위로도 다 달랐습니다. 자신을 딩크족이라고 하신 상담 선생님은 후회와 반성으로 개선될 수 있는 문제가 아니기 때문에 불안감이 최대치에 다다른 제게 오히려 아이에 대한 빠른 선택을 하여 정신적인 압박을 줄이고 그 생각으로부터 완전히 자유로워지길 권유하셨고, 아이로 인해 느끼는 행복감이 크다고 하신 선생님은 부정적인 생각을 떨치고 긍정적인 자세로 아이에 대해 다시 한 번 깊이 생각해보길 권유하셨어요.

　주변의 이야기를 들으며 제가 가지고 있는 알 수 없는 불안감이 어떤 상황을 걱정하여 오는 것인지에 대해 좀 더 자세하게 들여다보고 생각해볼 수 있었습니다.

지금의 불안이
행복한 상상이었을 때

"아이에 대한 자기의 물음에 내 대답은 늘 한결같았
어. 2년쯤 후에. 나에게 2년이란 시간은 어떤 의미였
을까. 막연하게 당장 미룰 수 있는 최대 기한이었을
까 아니면 마음의 준비를 해야 하는 시간이 최소 2
년은 걸린다는 의미였을까. 매일매일 하루하루씩 늘
어가는 2년에 지친 자기가 운전하다가 차 안에서 덤
덤하게 던진 이야기가 너무 마음 깊이 남았어. 시간이
흐를수록 우리 사이에 아이가 없을 수도 있다는 생
각을 한다고 했지. 평생 둘만 알콩달콩 살 수도 있
고 나중에 정말 우리 삶에 아이가 있었으면 좋겠을
때, 하지만 생물학적으로 너무 늦어버렸을 때는 입
양을 할 생각도 있다고 했어. 자기의 미래에 있던 우
리의 아이를 내가 점점 흐릿하게 만드는 것 같아서
자기에게도, 아직 생기지도 않은 상상 속의 아기에게
도 너무 미안해졌어."

결혼 2년차. 아직 신혼입니다. 상담을 받으며 아직 2년밖에 안되었다는 이야기를 하면 더 생각하고 좋은 시기를 만들 시간이 충분한데 왜 이렇게 불안해하냐는 말씀을 해주십니다. 다른 가치관과 취향을 가진 사람 둘이 함께 살아가려면 둘 사이에도 맞추고 타협해야 할 부분들이 너무나 많은데 한꺼번에 모든 일에 대한 계획을 세우고 변화를 하려 하니 아이에 대한 부담감과 걱정이 생기는 것이 당연하다고, 조금 더 생활이 안정이 된 후에 다시 얘기를 해보는 건 어떻겠냐고 조언하시면서도 제 나이를 말하면 잠시 정적이 흐릅니다.

한 분과의 상담이 떠오릅니다. 너무나 명쾌했어요. 요즘 같은 시대에 37살이 뭐가 급해요. 40이 넘어서도 충분히 건강한 아이를 출산할 수 있다고요. 몇 년 후가 되어서 생활과 감정에 여유가 생기면 그때 남편과 다시 대화를 나누어볼 수 있고, 계속 지금의 감정이나 불안감이 해소되지 않고 지속된다면 그때 아이 없이 사는 부분에 대해서 선택을 할 수도 있는 것이니 지금 너무 조급하게 생각하느라 마음과 정신에 스스로 상처를 입히지 않았으면 좋겠다고 하셨습니다.

그러게요. 왜 저는 당장 고민한다고 해결되지도 않을 문제에 스트레스를 받느라 병원까지 가게 된 것일까요? 결론적으로는 여러 상황과 환경이 지금의 저를 만들었고 스스로에 대해 깊이 생각해보는 시간도 처음이었던 터라, 생각과 고민의 과부하에 힘들어하고 있는 것이겠죠. 이것저것 다 떼어놓고 당면한 문제만 고민했더라면 이렇게 깊이 빠지지는 않았을 텐데요. 하지만 저에게 지금 이 시간은 너무 소중하고 값진 시간입니다. 아이 문제로 인하여 전반적인 저를 돌아보고 정신건강을 챙길 수 있으니 말이에요.

결혼 전에는 남편과 아이에 대한 대화도 즐겁게 나누었습니다. 이름도 지어놓고 어떤 환경에서 어떻게 키울 것인지에 대한 행복한 상상을 나누던 때도 분명 있었어요. 현실적으로 느껴지지 않는 먼 미래의 얘기라고만 생각해서 걱정이나 스트레스는 없었습니다. 결혼을 조금 더 빨리했더라면 이런 고민의 시간도 빨라졌을 테니 나이가 큰 문제로 자리 잡지 않았을 수도 있겠지요. 하지만 저의 성향으로 보았을 때 언젠가는 터졌을 상황이라 시기는 크게 중요하지 않다는 생각이 들었어요. 20대든 30대 초든 제가 가지고 있는 근본적인 감정의 문제들과 상황은 늘 비슷했을 테니까요.

결혼 후 남편과 다툼이 훨씬 잦아졌습니다. 늘 서로 다른 가치관과 성향들이 부딪힙니다. 단어의 선택이라든지 행동의 순서라든지 넓게 봐서는 세상을 바라보는 시각차에서 오는 근본적으로 다른 사상과 가치관으로 인해 본인의 의견을 피력하는, 싸움보다는 100분 토론과 더 가까운 다툼입니다.

서로를 그냥 있는 그대로 받아들여주고 이해해주던 연애 때와는 달리, 현실을 함께 살아가야 하는 두 명의 주체로서 생성되는 너무나 많은 충돌들이 힘들지만 늘 새로운 자극을 가져다주고 있어요. 단둘의 생각도 맞춰가고 타협해나가는 일이 쉽지 않은데 하물며 모든 사람의 기대와 일반적 성향에 맞춰 살아가는 일은 얼마나 어렵겠어요.

아이 문제에 대해서도 마찬가지입니다. 우리 모두는 상상하는 미래가 다르고 생각하는 인생의 계획과 방향성도 다르며 그에 따르는 감정의 파도조차 높이가 다르기 때문에 모든 사람이 생각하는 게 같거나 비슷할 수 없어요.

제가 이 문제에 크게 감정이 요동치고 힘들어하는 건 나의 다름이 다른 사람들에게 어떻게 비칠지에 대한 두려움이 먼저 다가왔기 때문일지도 모르겠습니다. 그 부분을 빼고 생각한다면, 지금의 감정과 상황에서 벗어나서 다시 생각을 하게 된다면 저는 어떤 선택을 하게 될까요?

최대치 행복할
최고치의 망상

"만약 아이가 생긴다면 우리는 어떤 삶을 살게 될지, 즐거운 상상 해보자. 눈은 자기를, 웃는 모습은 날 닮았으면 좋겠다. 공부를 잘하지는 못해도 현명했으면 좋겠고, 예술을 사랑하는 아이로 자라났으면 좋겠어. 또 운동을 좋아하는 건강한 아이였으면 좋겠다. 기본적인 심성은 착하지만 손해 보지 않는 영리함도 있었으면 좋겠다. 사랑과 인정이 많은 아이였으면 좋겠어. 어느 정도 개인적으로 살아야 주위에 휘둘리지 않는 사람이 되겠지만 그래도 기본적으로 인류애가 있는 사람으로 자랐으면 좋겠어. 그 와중에 독립심이 있는 아이로 자라났으면 좋겠어. 아이가 부모에게만 기대지 않고 혼자 많은 일을 해낼 수 있도록 방목과 보호를 병행하는 쿨한 부모가 되자. 아, 정말 이상적이고 행복한 가정이야. 근데 이건 아이를 위한 상상이야 아니면 우리를 위한 상상이야?"

결혼 후 얼마 지나지 않아 남편은 저의 남편으로 사는 것에 힘듦을 토로한 적이 있습니다. 저는 누구에게나 친절하고 관대한 편이지만 가족에 대한 질책과 잔소리에는 아낌이 없는 편입니다. 남편은 저의 완벽주의자 성향 때문에 그렇다고 투덜대지만 사실 저는 너무나 부족함이 많은 사람이기 때문에 모든 것을 계속 점검하고 다그치는 것이에요.

하지만 평소 계획표를 만들고 하루하루 해야 할 일의 순서를 정해서 행하며 갑작스럽게 닥친 일이라든가 서프라이즈 이벤트들을 싫어하는 점 등을 고려해보면 스스로를 피곤하게 만드는 제 성향들은 완벽주의자들에게 흔히 나타나는 증상이라고 하더군요.

모든 일에 거절하기 힘들어하면서도 그 일에 대한 부담감 때문에 밤을 새우고, 생각대로 되지 않을 때 울기도 하며 우울증에 빠지기도 하는 성향도 같은 맥락이라는 설명을 들었습니다. 이런 성향인 사람들은 자신이 이루고자 하는 목표나 계획 중 성공 확률이 적거나 완료하는 데 드는 기간이 길어질 것이라고 예측되면, 그 일 자체를 끝까지 미루거나 아예 시도조차 하지 않는 경향을 보인다는 이야기를 듣고는 크게 공감했습니다.

제 모든 강박적 행동들과 스스로를 가두는 성향이 완벽주의자이기 때문에 발현되는 모습이라는 것에 저는 적지 않은 충격을 받았어요. 이런 부류의 사람들은 오히려 타인에게는 친절과 아량을 베풀면서도 함께 생활하는 가족들에게는 많은 상처와 압박을 줄 수도 있다는 말에 부모님을 비롯해 남편에게도 상당히 미안한 감정이 생겼습니다.

저는 부모님이 생각이 굳은 어르신들이 되지 않기를 바라면서도 넘쳐나는 정보들로 인해 주체가 흔들리지 않기를 바랐습니다. 그러므로 사회, 문화 전반에 걸쳐 요즘 세대를 이해할 수 있는 많은 콘텐츠들의 시청과 독서를 권장하면서도 일부 가짜 뉴스와 선동들에 현혹되지 않도록 끊임없이 잔소리를 하고는 합니다.

그럴 때마다 부모님은 어릴 때 제가 들었던 잔소리에 대한 복수를 한다며 투정을 하십니다. 그래도 제 이런 성향은 확실히 부모님께 영향을 받기도 했기 때문에 이런 대화들에서 크게 피곤함을 느끼지는 않으시는 듯합니다.

문제는 남편입니다. 앞에서도 언급한 적이 있듯 남편은 자유로운 영혼의 소유자이며 모든 상황을 긍정적으로 생각하는 유쾌한 사람이에요. 큰 걱정거리도 없고 어떤 문제들에 대해서도 시간이 지나면 자연스레 해결될 일이라 생각하여 쿨하게 넘길 수 있는 사람입니다. 그래서 남편은 저와 함께 사는 것을 상당히 피곤해 하는 편이에요. 저는 사소한 일에도 따라다니며 잔소리를 하고 변화되는 사회적 이슈나 상황들에 대해 끊임없는 브리핑을 해대고는 합니다.

요즘은 전반적 여론이나 무언가를 바라보는 시각과 방향이 하루 사이에도 여러 번 급격하게 달라지는 시대예요. 우리가 아무렇지도 않게 생각해왔던 언행들이 시대에 따라 누군가에게는 불편하게 다가올 수도 있습니다. 그렇기 때문에늘 뉴스와 사회를 주의 깊게 보고 우리가 만나는 시청자와관객들의 반응도 시시때때로 살피며 변화하고 발전시켜나가야 한다고 생각하는 저에 비해 남편은 연기에 대한 본질과중심이 있다면 모두와 진실된 소통이 가능하다고 믿습니다.

물론 남편의 말도 맞는 말이에요. 저는 확고하게 굳어져있는 저의 근본적인 신념은 지키면서도 모든 곳에 귀와 눈을열어놓고 살기 때문에 많은 부분에 있어 팔랑귀가 되기도 하고 선택적 불편러가 되기도 해요. 여러 분야에 관심을 기울이고 에너지를 쏟느라 가끔은 저의 중심이 흔들리고 시류에휩쓸려 가기도 합니다. 어느 정도 사회 분위기에 맞춰 변화할 필요는 있겠지만 사실 모든 상황에 귀를 열어놓을 필요는없지요.

저는 철저한 개인이면서도 동시에 대중을 상대하는 직업을 가지고 있기 때문에 이 부분에 있어서 더 관심을 가지고 예민해져야 한다고 생각해왔어요. 하지만 지금은 그 아슬아슬한 선을 조금 넘어버린 상황이라 스스로를 옥죄며 힘들어하고 있습니다. 일부는 자연스럽게 흘려보내며 중심을 지켜야 할 상황이라고 생각해요.

하지만 마음처럼 쉽지 않습니다. 이 성향은 어릴 때부터 만들어져온 저의 근간이라 이 직업을 가지기 전부터도 주변을 많이 의식하며 살아오긴 했어요. 상담 과정에서 다른 사람에 대한 배려심이 많은 것이라는 위로를 받았습니다. 하지만 저와 주변인을 피곤하게 만들면서까지 남들의 눈을 신경써야 하는 걸까요? 왜 다른 사람의 눈이 중요해 완벽주의적 성향을 가지게 된 걸까요?

아이 문제에 있어서도 저는 이 성향을 그대로 가져갈까 봐 겁이 납니다. 내 아이라고는 하지만 저는 관대하게 아이의 행동을 지켜봐 줄 수 있는 성격이 아니에요. 뭐 하나 잘못하면 엄청난 잔소리 폭탄을 쏟아내고 상황에 따라 다른 행동과 가치관, 신념을 요구하게 될 것 같아요. 게다가 나에게 부족한 부분을 아이에게 채우려 덤벼들어서 틀에 갇히고 스트레스가 많은 아이로 자라나게 할까 봐 걱정입니다. 일단 저부터 여유를 가지고 남들 눈에서 조금이라도 자유로워져서 스스로에 대한 검열과 규율들도 조금은 느슨하게 풀어내는 노력을 기울여야겠지요.

남편은 저로 인해 정말 많이 변했어요. 많은 일에 부당함을 느끼고 사소한 일에 불편함을 느낍니다. 작품 속 상황에 있어서도 더 많은 생각을 하게 되었고, 캐릭터를 만들어가는 과정에서도 전보다 더 여러 방향성을 열어놓고 고뇌합니다. 물론 남편은 지금의 생활이 너무 피곤하고 힘들어졌다고, 그리고 공부를 해야 할 분야가 너무 많아졌다고 투덜거립니다.

이런 모습을 좋은 방향으로 나아가고 있다고 뿌듯해하는 걸 봐서는 저는 아직 어떠한 틀 안에서 스스로 자유로워지려면 멀었다고 느껴요. 조금 더 자유로워지기 위해서는 남편의 성향을 많이 따르고 그의 조언과 잔소리에도 충분히 귀를 기울여야겠습니다.

"내"가 바라는
아이의 이상향

"내가 원하는 육아는 사실 우리 둘 중 누구 하나가 일정 기간 일을 쉬어야 가능하긴 해. 끊임없이 사랑을 표현하고 유대감을 쌓고, 정서적으로 안정을 주고 싶어서 대부분의 시간을 아이와 붙어 있고 싶거든. 부모의 상당한 노력이 필요하고 희생이 불가피한 방법이야. 아이를 위해 모든 생활패턴과 나를 맞춰야 해. 그리고 금전적으로도 여유로워야 해. 아이가 관심을 가지는 분야는 무슨 일이 있더라도 경험하게 해주고 싶거든. 근데 문제는 나는 지금은 사랑하는 일을 단 한순간이라도 포기할 생각이 없다는 거야."

상담 선생님이 제게 물었습니다. 근본적으로 어떤 사람이 되고 싶냐고요. 전반적으로 여유 있고 무덤덤한 사람이 되고 싶다고 대답했습니다. 잠시라도 우울감을 느껴 자기혐오에 빠진 사람들에게 같은 질문을 했을 때 현재 본인에게 가장 부족한 모습을 얘기한다고 하더라고요. 그렇다면 지금의 저는 전반적으로 조급하고 사소한 것에도 예민한 사람인 걸까요?

저는 계획적으로 시간을 꾸려나가는 것을 좋아하고, 타임 스케줄대로 생활하는 것에 안정감과 편안함을 느낍니다. 직업 특성상 날씨나 환경의 영향을 받아 스케줄이 변경되는 등 많은 변수가 있기 때문에 그에 따라 큰 틀 안에서 가안을 만들어놓고, 늘 그 안에서 유동적으로 움직일 수 있도록 대비합니다.

모든 약속과 촬영 현장에 적어도 20분 전에는 도착해야 마음이 편합니다. 오는 길에 생길 수 있는 차 막힘이라든지 지하철 지연으로 인한 변수를 차단하기 위해 출발 자체를 빠르게 하는 편이라 생긴 습관이에요. 신인 시절 지하철을 거꾸로 타 중요 배역을 뽑는 최종 오디션에 3분 늦어 큰 기회를 놓친 일까지 더해져 시간과 계획에 강박을 가지고 있습니다. 일어날 수 있는 거의 모든 변수를 계산하여 행동해야 마음이 놓여요. 이로 인해 조급함과 예민함이 조금 더 생겼는지도 모르겠습니다.

이런 생활이 편해져 불편함이 없이 살고 있다고 생각하면서도 저도 모르게 이런 모습이 마음에 들지 않았나 봅니다. 스스로 자기혐오에 빠져 있다는 생각은 단 한 번도 한 적이 없습니다. 확실히 그 정도는 아니에요. 하지만 제 감정에만 갇혀 있었다면 언젠가 그렇게 되어버렸을지도 몰라요. 남편에게 편지를 쓰면서 솔직한 심정을 털어놓지 않았더라면 전혀 몰랐을 제 모습이기도 합니다.

운전을 하다가 내비게이션에 예상 도착시간이 5분 이상 늘어나면 불안감을 느끼고 심장이 답답해져 오는 저인데, 제 예상 육아 라인에서 아이가 조금이라도 벗어나려 들면 저는 무슨 생각을 하게 될까요? 어떤 감정에 빠지게 될까요?

임신부터 출산, 그리고 육아까지 뚜렷한 방향성과 계획을 세워놓을 수 없다는 것이 저에게는 아주 어려운 일입니다. 아이를 계획대로 키운다는 것 자체가 어불성설이라는 것을 잘 알고 있으면서도 어느 정도는 큰 틀을 짜놓아야 한다고 생각했고, 그 틀을 생각하다 보니 아이의 인생에 대한 아무런 배려도 없이 오로지 저의 시간과 계획에 맞출 생각만 하고 있더라고요.

요새 드라마에 교육열이 높은 부모들로 인해 비극에 빠지는 청소년과 그 가정을 담은 이야기들이 많이 등장하고 있어요. 꼭 아이에게 공부만 시킨다고 극성스러운 부모가 되는 건 아니잖아요. 저는 아이를 저의 기준과 잣대에 맞게만 자라게 할 것 같은 걱정이 있습니다. 이대로라면 저는 정말 극성스러운 엄마가 될 수밖에 없겠지요.

아이를 낳는 것이 두려운 이유 중에 저의 강박증이 한몫을 차지하고 있었습니다. 아이러니하게도 강박으로 인해 스트레스를 받고 힘들어하면서도 고치고 싶지 않은 부분이기도 해요. 자칫 해이해지고 풀어질 수도 있는 저를 지켜주고 있다고 생각하기 때문입니다. 타협점을 찾기가 쉽지는 않을 것 같습니다.

이해가
되지 않던 말

"다 너 잘 되라고 하는 말이야." 나는 어릴 때부터
이 말이 그렇게 싫었어. 하기 싫은 일들을 강요받고,
나와는 전혀 맞지 않는 배움을 억지로 해나가며,
극한의 스트레스를 받으면서도 결국 고작 눈물 정
도로만 표현할 수 있었어. 뭘 잘 되라고 하는 말이
에요. 지금 너무 괴롭고 전혀 행복하지 않은걸요.
도대체 내 인생에서 이 일들이 무슨 의미가 있으며
과연 인생에 어떤 도움을 줄 것인가."

모순적인 저에 대해 또 털어놓아야 할 것 같습니다. 저는 아이가 바르고 곧게 자라길 바라면서도 어느 부분에서는 완벽하게 삐딱선을 탔으면 좋겠어요. 자신에 대해 완벽하게 알고 자신의 의견을 확실하게 말할 수 있는 사람이었으면 좋겠습니다. 일반 사회적 편견이 자신의 가치관과 맞지 않는다면 과감히 깨부술 수 있는 사람이 되면 좋겠어요. 역시 이 모든 부분이 제가 그렇게 살고 싶기 때문입니다.

미래에 아이를 어떻게 키울 것인가 상상을 하면 할수록 완벽히 제가 되고 싶은 인간상이 만들어지는 것 같아 신기했습니다. 저는 예의가 바르고 착하게 자라나야 한다는 착한 아이 콤플렉스를 가지고 있으면서도 마음속으로는 끊임없이 질문을 해댔었습니다. '왜 그래야 하지?' '왜 모두가 가는 길을 가야 하지?' '왜 사회가 정해놓은 좋은 사람이 되려고 노력을 하는 것일까?' 늘 궁금했어요.

최대한 숨기려 노력하는 저의 반항아적 기질은 가끔 큰 폭탄이 되어 현실에서 터져버리고는 했고 그 결과가 지금의 저라는 사실을 잠시 잊고 살았나 봐요. 이 또한 제가 너무나 좋아하는 제 모습입니다. 그런데 어느 순간 없어져버렸어요. 누군가에게 질타나 미움을 받지 않으려면 자신의 의견을 최대한 숨겨야 한다는 생각을 했던 것 같아요. 대세를 따르는 것이 우선이고 다수의 의견을 옳은 의견이라고 생각하게 되었습니다.

남편에게 쓰는 편지와 여러 선생님들과 상담 시간에 나누는 대화들은 제 자신을 찾아가는 과정이었습니다. 낳을 생각도 없는 아이에게 바라는 것이 벌써부터 너무 많아서 나쁜 엄마가 될까 봐 무섭다는 저의 고백에, 상담 선생님께서는 현재 저의 삶에 불만족스러운 부분들이 있는지 돌아보라는 충고를 해주셨고 이 조언은 정말 큰 도움이 되었습니다. 처음에는 불안한 저의 정신 상태에 대해 왜 그 불안이 만들어졌는지 생각하게 되었고, 차츰 제 내면을 들여다보면서 정말 제가 원하는 것이 무엇이고 어떤 사람이 되고 싶은지에 대한 생각으로 발전을 해나갔습니다.

미래의 아이에게 바라는 모습이 제가 되고 싶은 사람의 모습이라는 것을 인지하고 나서는 심장이 두근거리기 시작했어요. 제가 그런 사람이 되면 됩니다. 잠시나마 현실에 치여 제가 좋아하는 제 모습을 잊고 살았다면 다시 되찾아오면 됩니다.

마음대로 살고 싶어요. 온전히 저로서 살고 싶습니다. 저 잘되라고 하는 모든 충고와 잔소리를 열린 귀로 받아들이면서 제 기준과 가치판단에 따라 하고 싶은 말과 행동을 하면서 살고 싶어졌습니다. 다른 사람이 날 어떻게 생각할까 두려워 진짜 나의 마음을 숨기고 사는 행동을 그만두기로 했습니다.

제가 다시 저의 모습을 찾고 그런 저의 모습에 스스로 만족도가 높아진다면 아이에게도 아이만의 인생을 살아갈 수 있는 넓은 장을 허락해줄 수 있을까요? 그럼 아이를 로봇처럼 나에 맞춰 키우며 나쁜 엄마가 될 것 같은 저의 고민도 줄어들 수 있을까요?

불안의 탑

"잠이 부족해서 몸이 너무 피곤할 때 울어대는 아
기에게 잠시나마 짜증을 느끼게 될 내가 무서워. 생
계를 위해 원하지 않는 작품을 선택해 영혼이 없는
연기를 할 수도 있는 자기를 보며 아주 잠시나마
아기 낳은 걸 후회하게 될 내가 무서워. 우리가 일하
고 있을 때 아이가 아프거나 아이에게 문제라도 생
겼을 때, 현장에서 딜레이되는 스케줄표를 보며 이
러지도 저러지도 못하고 발을 동동 구르게 될 내
모습이 두려워. 아직 일어나지도 않은 일에 대해 나
는 또 불안한 미래를 상상하고 탑을 쌓아."

이 편지를 쓰면서부터 스트레스가 한계치에 다다르기 시작했어요. 기분전환을 위해 산책을 해도, 달달한 간식을 먹어도 나아지지 않더군요. 입안에 온통 구내염이 퍼졌습니다. 거기에다 37년 동안 한 번도 앓은 적이 없던 점액낭종이라는 피부질환까지 찾아왔어요. 배가 고파도 입안이 아파서 제대로 음식을 섭취하지 못했습니다.

하루 종일 잠만 자게 되는 날이 늘었고, 눈을 뜨면 금세 눈물이 터질 것 같아서 다시 눈을 감아 잠을 청했습니다. 스트레스가 쌓이거나 걱정거리가 많을 때 보통 불면증이 온다고 들었지만 저는 반대로 깨어 있기 힘들 정도로 계속 졸려 했고 매일 가위에 눌렸어요.

스스로 불안의 탑을 쌓아 나 자신을 갉아먹는다는 것을 알면서도 어떻게 해야 나아질지를 몰라 상담치료를 받기로 했습니다. 한번 나를 지배한 부정적인 생각은 더 이상 노력만으로 해결될 수 있는 문제가 아니라 느꼈습니다.

일주일 뒤로 예약을 잡아놓고 나서 아주 잠시 편안한 기분을 느꼈으나 새로운 불안의 탑들이 다시 머릿속을 채워가더라고요. '나는 상담 선생님 앞에서 솔직한 내 마음을 털어놓을 수 있을까?' '혹시 지금 내가 위험한 상태가 아닐까?' 또다시 기분이 바닥으로 가라앉음을 느끼면서 빠져나오고 마음에 긍정의 효과를 전파하는 에세이들을 다시 찾아 읽었습니다. 분명 마음에 새겨두고 싶은 구절들을 따로 적어놓을 정도로 감명 깊게 읽은 책들이었는데 눈에도 마음에도 전혀 들어오지 않았습니다.

우울을 극복한 어떤 저자들을 부러워하면서도 그들의 진실된 마음을 의심하기도 하는 등, 분명 내가 하는 생각이고 느끼는 감정인데도 내가 다른 사람이 된 것 같은 기분까지 번져가려 하자 책을 덮고 다시 잠을 청했습니다. 매일 하던 게임도 재미가 없었고, 즐겨 듣는 팟캐스트나 구독해놓은 유튜브들도 아무런 흥미를 끌지 못했어요. 그때도 핸드폰을 내려놓고 일단 무조건 잠을 잤습니다.

그 와중에도 평소 습관이라는 게 남아 있었던지 기분이 나아지면 해야 할 일의 목록을 빠르게 작성해놓고, 깨어 있는 시간 동안 체력이 허락을 하면 목록에 적힌 일들을 하나씩 해나갔습니다. 20문항 정도 작성을 해놓았지만 이 시간 동안은 두세 가지 일만 겨우 할 수 있었습니다. 저의 의지 때문이었는지 혹은 몸에서 따르지 않았던 것인지 어느 순간 모든 생각과 행동이 멈춰 있는 듯한 느낌이 들었습니다.

일주일 후 제대로 된 첫 심리 상담을 받았습니다. 상담 선생님의 첫 질문은 "무슨 일이 있나요?"였고 저의 대답은 눈물과 함께 쏟아져 나온 "삶이 너무 우울하고 불안해요"였습니다. 제 대답에 저는 스스로 황당함을 느꼈습니다. '아이를 낳는 게 너무 무섭고 두려워요'라는 대답이 아닌 '삶이 우울하고 불안해요'라니……. 그 누구에게도 솔직히 말할 수 없던 제 마음과 감정에 대해서 한껏 털어놓는 일방적 대화를 하다 보니 한 시간이 훌쩍 지났더군요.

한 번의 상담으로 제 모든 고민과 숙제들이 한꺼번에 풀리길 기대했었는지 상담실 문을 나온 첫 감정은 허무함이었습니다. 별다른 조언이나 개선 방법을 듣지 못하고 그냥 울면서 감정만 쏟아내고 나온 것 같았어요. 용기를 내서 찾아간 곳인데 털어놓기만 하고 들은 얘기가 없는 것 같아 잠시 동안은 실망감도 느꼈습니다.

하지만 저를 상담 센터에 내려주고, 다시 데리러 와준 남편에게 상담에 대한 소감을 얘기하다 보니 조금 굳어 있던 몸과 마음이 풀린 것도 같았습니다. 오랜만에 시원하게 울어도 보았고 "그럴 수 있다, 이상한 것이 아니다, 마음이 많이 힘들었겠다" 등 쉽게 들을 수 있는 말들이었지만 위로를 받으니 제 마음이 진심으로 공감을 얻은 것 같은 느낌이었어요.

조금 더 자세하고 다양한 얘기를 나누고 싶었습니다. 그래서 저는 집과 좀 더 가까운 다른 센터에 상담 예약을 잡고,

집으로 돌아와 그동안 하지 못했던 청소와 빨래를 했습니다. 그리고 남편에게 쓰는 편지를 다시 읽어보고 그 편지에 내용에 부합되는 상담 내용에 대해서 풀어서 써보며 내 마음을 다시 한 번 정리해보기로 마음먹었습니다.

아이는
분명 선물 같은 존재

"아이는 선물 같아. 누군가에게는 간절히, 오랜 노력 끝에 맺은 결실이고 선물이지. 그때 다가온 아이라는 존재는 분명 축복일 거야. 세상 그 어떤 무엇과도 바꿀 수 없는 소중한 선물임이 분명해. 하지만 나는 우리에게 찾아올 선물을 받을 마음의 준비가 되어 있지 않은데 과연 그 선물을 진심으로 기쁘게 받을 수 있을지 잘 모르겠어."

저는 평소에 자기애가 있는 사람이라고 생각했어요. 하지만 상담을 받으며 오히려 반대일 수도 있다는 이야기를 들었습니다. 발전을 위해 더 나은 사람이 되려고 했던 저의 행동들은 오히려 현재의 자신에게 만족하지 못해서 드러나는 행동이라고 하더군요. 일과 관련된 모든 사항들을 완벽에 가깝기 만들기 위해 하는 집착적 행동 반복이라든지 지속적으로 행해오는 다이어트, 물건들을 정리하거나 거기서 느끼는 만족감 등이 그렇다고 했습니다.

먹고 싶은 음식 참아가며 다이어트에 성공했고, 열심히 버티고 노력해 배우라는 꿈을 이루었으며, 알뜰하게 생활하여 집도 장만했어요. 그리고 지금은 좋은 사람과 결혼해 전원주택의 로망까지 이룬 제 자신이 대견하다고 생각해요. 아니 스스로 만족한다고 생각했어요. 그런데 돌이켜 생각해보면 이 모든 일은 스트레스와 책임감이 동반된 일이었습니다.

저는 맛있는 음식을 먹으며 스트레스를 풀고, 카메라 앞에 서는 것을 좋아하는 사람이지만 새로운 작품에서 새로운 사람을 만나 적응하는 일은 늘 어렵고 긴장돼요. 월세 내는 것이 아까워서 차라리 대출 받아 집을 사기로 결정했지만, 대출을 많이 끌어 써서 월세 내는 것이나 한 달 대출금이나 비슷해져 경제적으로 크게 나아지지도 않았고요. 시대의 변화,

나이의 변화에 맞춰 발전하는 내 모습을 만들고 싶어서 늘 안달합니다.

새로운 작품이 나오면 즐겁게만 보던 시청자의 입장이었는데 지금은 완벽하게 즐기지 못해요. 연기를 잘하는 배우를 보면 배울 점을 찾으려 하고, 좋은 작품을 보면 그 작품에 참여한 모든 사람을 부러워하기도 합니다. 극장을 찾는 일도 마냥 즐거운 느낌이 아니에요. 뭔가 하나라도 느끼고 스스로 발전시킬 수 있는 자양분으로 쓰이기를 바랍니다.

모든 행동과 노력은 저의 꿈과 행복을 위한 것들이었습니다. 제 일에 만족도도 높았고 늘 감사해했으며 항상 새롭고 신기했어요. 이것들이 언제부터 책임감과 부담이라는 무게로 다가와 저를 누르고 있었는지는 알 수 없지만 저도 모르게 저에게 주어진 모든 것들이 의무와 숙제처럼 느끼게 되었나 봅니다.

모든 것을 전처럼 단순하고 순수하게 받아들이고 싶어요. 행복을 누릴 수 있는 시간은 온전히 행복하고 싶습니다. 이 행복이 언제까지 지속될까 걱정하고 불안해하지 않고 싶어졌습니다. 쉬운 일은 아니겠습니다만 저를 위해서 그리고 제 주변 모두를 위해서 스스로 변화되고 싶습니다.

올해 초 오랜만에 무대에 도전해볼 일이 생겼습니다. 매체

쪽과 무대 쪽에서 오랫동안 활약해오신 선배님들과 함께하는 작업이었고 워낙 오랜 시간 많은 관객들에게 사랑을 받아온 작품이라 부담과 압박이 컸어요.

함께하는 창작진들과 배우들에게 폐를 끼치고 싶지 않았고 요즘 같은 시기에도 어렵게 극장을 찾아주신 관객분들도 실망시키지 않고 싶었기에 어느 때보다 열심히 임했고, 공연을 하는 세 달에 가까운 기간 동안 긴장감이 몸을 떠나지 않았습니다. 서울에서의 마지막 공연까지 하고 나서야 긴장이 풀렸는지 며칠간 몸살로 드러누워 있어야 할 만큼 커다란 숙제였습니다.

그리고 최근에 같은 공연을 다른 지역에서 하게 될 기회가 생겼어요. 두 달의 휴식기 뒤에 하는 공연이라 또다시 긴장감이 몰려왔지만 스스로 계속 마인드 컨트롤을 해보았습니다. 서울에서 공연을 하면서 즐거웠던 순간들, 무대에서 발산하는 에너지로 쌓인 스트레스와 걱정을 날려버릴 수 있었던 쾌감, 함께했던 사람들과의 소소한 대화에서 느낄 수 있던 행복들, 분명 너무 소중하고 좋은 시간들이었어요.

새로운 지역과 극장이지만 익숙한 사람들과 다시 무대에서 함께하는 순간, 저는 모든 것을 잊고 온전히 극에 빠져 모든 감정과 순간을 누릴 수 있었습니다. 정말 오랜만에 값진 경험이었어요. 서울에서 공연할 때에도 느낄 수 있었을 텐데 제가 순수하게 받아들이지 못해서 누리지 못했을 뿐이에요. 좋은 공연을 하고 나서도 늘 다음 날, 다음 회차 공연을 미리 걱정을 하느라 매일 다른 감정과 감동을 느낄 새가 없었던 것 같습니다.

조금 더 넓고 편한 마음으로 다가오지 않을, 일어나지 않은 일들에 대한 걱정을 조금이라도 줄여나가도록 해야겠습니다. 현재를 즐기고 싶어요.

타인의 시선에 대한 궁금증

"사회적 인식에 대해 생각을 안 할 수가 없네. 우리 나라는 남들의 눈을 의식하지 않고 살 수가 없는 구조로 되어 있는 것 같아. 의도치 않게 나는 사회 에서 요구하는 필수 사항들을 엇나가는 결정을 한 적이 있어. 이 부분에 있어 내 인생의 가치관과 결정 에 대해 늘 설명하면서 살아온 것 같아. 아이에 관 한 문제는 어떨까? 우리가 어떤 선택을 하든 어느 방향으로 우리의 인생이 흘러가든 결과적으로 좋은 선택이었으면 좋겠어. 정말 우리가 찾는 행복을 다 누릴 수 있는 꼭 좋은 선택이었으면 좋겠어."

저는 모든 사람의 의견과 취향, 그리고 선택을 존중합니다. 그것이 법적으로 문제가 되는 행위이거나 사회적으로 큰 지탄을 받아야 하는 문제가 아니라면 말이에요. 그 기준을 정하는 것이 쉬운 일은 아니겠으나 법적으로 아직 미성년일 지라도 본인이 인생을 책임질 수 있는 나이가 된 순간부터의 목소리들은 대부분 존중받아야 마땅하다는 주의입니다. 저 스스로에게는 기준점을 좀 높게 잡기도 하고, 다수가 옳다고 하는 일을 선택하거나 행하고 있을지라도 그건 성격적인 문제일 뿐이지 저의 이상적 행동은 아닙니다.

물론 어릴 때는 느끼지 못했던 것들입니다. 초등학교 시절에는 저와 다른 의견을 가진 친구들에게 묘한 승부욕이 발동하여 저의 주장을 굽히지 않고 행동할 때가 많았어요. 초등학교 때는 같은 아이돌을 좋아하는 친구들과 그렇지 않은 친구들끼리 편을 나눠 의견 충돌을 벌이기도 했고, 반 대항 경기를 벌였던 체육시간에 열심히 하지 않는 친구들에게 잔소리를 하기로 했어요.

중학교, 고등학교에 진학하면서부터는 학군이 넓어지며 각자 다른 환경에서 자라온 친구들이 모이게 되었고, PC통신이 발달하면서 집에서 쓰는 인터넷망에 따라서도 모두 다 조금씩 다른 문화를 접하게 된다는 걸 알게 되면서 모두의 의견과 취향이 다 다를 수도 있다는 사실이 신기하고 흥미로웠어요.

　팝가수를 좋아하여 영어 공부를 열심히 하고 내한 콘서트를 다니는 친구들도 있었고, 선택적으로 좋아하고 잘하는 과목만 집중적으로 파고드는 친구들도 생겨났으며, 일찌감치 대학 진학을 선택하지 않고 직업전선에 뛰어들어 보다 빨리 사회생활을 하는 친구들도 생겨났어요. 저는 같은 환경에서 다른 선택을 하고 그 선택에 책임을 가지고 행동하는 친구들을 존경하고 좋아하게 되었습니다. 그리고 저도 그런 사람이 되고 싶다는 생각을 한 것 같아요.

　성인이 되어 사회생활을 하다 보니 자신의 소신을 지켜나가는 일이 쉽지만은 않다고 느꼈어요. 공동체 생활을 하면서는 어느 정도 의견의 합일화가 이루어져야 함께하는 목표를 이룰 수가 있고, 배척당하지 않는다는 현실을 마주했습니다. 저는 연극영화과에 진학했는데 제가 대학생활을 할 때까지만 하더라도 군기 잡기 문화가 존재했습니다. 부당한 일이라고 생각했고 도망치고 싶었지만 그 알 수 없는 연대의식이라는 것 때문에 저 혼자 다른 행동을 했을 때 다른 동기들에게 피해가 갈까 봐 목소리를 내지 못하고 묵묵히 학교를 다닌 때도 있었습니다. 결국 견디지 못하고 휴학했지만요.

동기들보다 빨리 사회에 나와서도 마찬가지였어요. 신인들에게 요구되는 조건들은 너무나 많았습니다. 열심히만 한다고 되는 일이 아니었어요. 일일이 나열하기는 어렵지만 꽤나 부당한 대우들을 받았고, 말도 안 되는 상황에도 신인이기 때문에 거쳐야 할 일종의 통과의례로 치부되는 일들을 견뎌야 했습니다. 다행히 한두 차례 홍역을 치르고 나서는 하고 싶지 않은 일들을 하기 싫다고, 옳지 않은 일을 옳지 않다고 말했을 때, 제 의견을 존중해주고 함께해주는 좋은 매니저들을 만나 차근차근히 꿈을 키워나갈 수 있었습니다.

그 후 소속사 식구들, 같이 작품을 하는 동료들, 그리고 지지해주는 팬 분들도 생기게 되다 보니 제가 하는 모든 행동과 말들이 주위에 영향을 미칠 수도 있다는 생각에 의견을 표출하고 행동하는 것들이 너무나 어려운 일이 되었습니다. 그래서 사실 아이에 대한 제 생각을 밝히는 지금도 많이 조심스럽습니다.

아이를 키우는 일은 절대적인 희생과 사랑이 아니고서는 해낼 수가 없는 일이잖아요. 아이를 키우면서도 자신의 일을 멋지게 하고, 좋은 부모의 역할까지 해내는 분들을 보면 너무나 존경스럽습니다. 반면 어떤 가치관이나 신념으로 인해 아이를 가지지 않기로 선언한 부부들도 정말 멋있고 대단해요. 질문 하나에도 마음이 요동치고, 다른 사람들의 시선이 어떨지 두려워하며 안절부절못하면서도 아무런 결정을 내리지 못한 저로서는 자신의 생각과 의견을 당당히 말할 수 있는 사람들이 부럽기도 합니다.

결혼에 있어서는 오랜 시간 동안 꽤 진지한 생각과 고민을 했었기에 비혼주의자라고 밝힐 수 있었습니다. 스스로 확실하게 마음을 정리했다고 생각한 일에서는 제 의견을 밝히는 것에 거침이 없었어요. 충분히 자유를 누리고 싶고, 삶을 온전히 혼자 살아내고 싶었습니다.

그렇지만 그런 제 생각을 바꿀 만한 사람을 만났고, 혼자 살아갈 만큼 강한 자아를 가진 사람이 아니라는 사실을 깨닫고 결혼을 선택하게 되었어요. 하지만 결혼을 하지 않고 혼자 사는 것이 가능한 상황이었다면 비혼을 선택했을 것이라는 제 생각에는 변함이 없습니다. 결혼은 확실히 저의 성향과 가치관에 위배되는 일이었지만 시원하게 타협했고 후회는 없습니다.

아이 문제뿐만 아니라 다른 모든 일들도 언젠가 선택이라는 기로에 놓이게 될 것이고, 생각이 정리되고 마음이 굳건해지면 당당하게 제 선택과 의견에 대해 말할 수 있는 사람이 되고 싶습니다.

사람은 모두 다르다는
당연한 진리

"결혼을 하고 나서야 당연하게 생각했던 것들이 당연하지 않게 느껴지는, 뻔하지만 신기한 사실을 직접 경험했어. 우리가 정말 사랑을 하는 사이가 맞나 싶을 정도로 모든 게 안 맞는다고 생각하던 때, 우린 정말 치열하게 싸우고 극적으로 화해하는 일을 반복했지. 나는 생각보다 갇힌 틀 안에서 각진 삶을 살아온 사람이었고, 자기는 틀이 없이 자유롭고 둥글게 살아온 사람이었지. 그래, 솔직히 얘기하면 나는 자기의 모든 부분을 내 쪽으로 끌어당겨 뜯어고치고 싶었나 봐. 왜 당신은 나와 다르다는 당연한 사실을 받아들이지 못하고 왜 내 틀에 가두어놓으려 그렇게 안간힘을 썼을까?"

직장생활을 하는 것이 아니기에 거의 매일 마주하는 사람이 적다 보니 제가 누군가와 함께 생활하는 것에 대해 힘들어하고 취약하다는 점을 미처 인지하지 못했어요. 잠깐 동안이라면 맞지 않는 사람과도 웃으며 잘 생활할 수 있어요. 불편하거나 싫은 것들은 아예 무시해버리거나 쳐다보지 않으면 되고, 이후엔 웬만하면 마주칠 일이 없게 하면 되니까요. 하지만 시간이 길어지면 쉽지 않더군요.

　함께 살아가는 사회 안에서 훌륭한 구성원이 되는 일이 쉽지는 않습니다. 길게는 친구들이나 이웃이 될 수도 있고, 짧게는 매번 촬영 때 만나는 여러 동료들이 될 수도 있는 대부분의 공동체 안에서 저는 모나지 않게 어울려 생활하려 하는 편이에요. 제 개인의 취향과 성향을 잘 숨기기도 하고, 같은 목표를 향해 결과물을 만들어내야 하는 일에 있어서는 최대한 다수의 의견에 맞추고 따릅니다.

　저는 꾸준히 저의 "다름"을 튀지 않고 모나지 않게 깎고 다듬는 과정을 거쳐왔습니다. 우리의 직업은 작품의 해석이라든지, 캐릭터 구축 등에 있어서 다른 사람과는 차별화가 있어야 주목을 받기도 하고 매력도 생기는 직업이에요. 저도 주목받기 위해 통통 튀는 행동을 하거나 인위적인 말투를 만들어 매력으로 어필하기 위해 안달하던 신인 시절이 있었습니다. 하지만 스스로를 포장하는 행동은 언젠간 들통 나게 마련이잖아요. 생각보다 빨리 에너지가 소진되고 한계에 부딪혔어요. 이런 행동들이 과한 욕망이나 욕심으로 보이기도 하고 자아를 잃게 만들기도 했습니다. 진정한 개성이나 다름을 찾지 못하고 보이는 것에만 치중하다 보니 겉과 속이 다른 사람이 되어 있기도 했습니다.

이 괴리감이 마음속에 짐으로 자리 잡게 되면서 언제부터인가 튀지 않는 사람이 되기 위해 노력했고, 그 과정에서 다른 사람에게는 관대하지만 저와 제 주변에게는 엄격한 지금의 저를 만들어낸 것 같아요. 어떤 의미로는 틀에 갇힌 사람으로 살고 있습니다.

제가 만들어놓은 틀을 요즘 남편에게 강요하는 일이 잦은 모양이에요. 저는 이 세상 모든 사람들의 다름을 인정하고, 의견을 경청하여 기꺼이 어떤 사람이든 맞춰줄 준비가 되어 있다고 생각해왔어요. 네, 오만했습니다. 사람은 모두 다른 생각과 감정을 가지고 있다는 것을 인정하면서도, 정말 깊은 마음속에서는 옳고 그름을 나누어 타인을 재단하고 평가해왔던 것은 아닐까 반성하게 되었어요.

제일 가까운 사람마저 이해해주지 못하고 가두려고 하는 제가 모순적이고 편협한 인간이 되어버린 것 같아 부끄러웠습니다. 진심으로 모두의 다름을 존중하고 경청할 자세가 되어 있다면, 스스로에게 그리고 남편에게도 더 관대해지고 넓은 마음으로 대할 수 있을 텐데요. 마음속에 여유 공간을 늘려놔야겠습니다.

예상 밖의
문제들

"최근에는 다른 쪽으로 생각이 흘러가기도 해. 바로 환경문제야. 냉정히 얘기해서 지금 우리 모두는 자연과 조화되는 훌륭한 사람이 아니잖아. 물론 생활에서 할 수 있는 작은 일부터 실천하고 있지만 절대 간과할 문제가 아니야. 예측할 수 없는 기후변화도 그렇고 넘쳐나는 쓰레기 처리 문제로 여기저기 다투는 것만 봐도 그래. 오만한 인간이 지구의 너무 많은 지분을 차지하며 살아가고 있기 때문에 과학과 의료기술이 이토록 발전한 시대인데도 바이러스 하나에 속수무책으로 당하고 있기도 하잖아. 늘 생각해온 문제였지만 너무나 현실적으로 와 닿는 요즘, 마스크를 쓰고 다니는 아이들을 보면 마음이 너무 불편하고 미안해지더라."

출퇴근이 정해져 있지 않은 저는 출산을 한 친구들이 심심할 때 부르는 산후조리원 면회 친구로 제격이었습니다. 운이 좋아 시간대가 맞으면 유리 벽 뒤에서 조카들을 실물로 보게 되는 경우도 있고, 실물을 본 이모의 특권으로 아이 이름 짓기에 함께 열을 올렸던 즐거운 추억도 있어요. 하지만 언제부터인가 상상도 못 할 일이 되어버렸어요. 많은 친구들이 코로나시기에 출산을 했습니다. 한창 심할 때는 회복실 내 통화가 금지되어 영상통화도 여의치 않았어요. 산후조리원 퇴소 후에도 실제로 아이를 보는 일이 쉽지 않게 되어버렸어요.

미세먼지 때문에 아기들이 마스크를 쓰고 다니는 게 안쓰러울 때까지만 해도 이런 심정까지는 아니었는데, 코로나를 겪으면서부터는 지구에 먼저 살아온 사람으로서 미안한 마음까지 들 정도였습니다. 인간이 이기심으로 저지르는 많은 일 때문에 우리는 앞으로 더 불편한 생활을 하게 될 것입니다. 환경문제가 심각하다는 것을 늘 인지하면서도 이 정도로 깊이 체감하게 될 줄은 몰랐어요. 그동안 편하게만 살아왔으니 응당 받아야 할 벌인지도 모르죠.

사실 지금의 환경문제에 대해 전부 다 알지 못합니다. 관련 다큐멘터리나 칼럼, 뉴스 등을 통해 간접적으로 접하는 현실만으로도 경각심이 생기는데 깊이 파고 들어가면 생활이 불가능할 정도로 죄책감에 시달릴 것 같아요.

생활을 편리하게 만들어주는, 이미 습관이 되어버린 행위들은 빠른 속도로 환경을 파괴하고, 우리가 쓰는 물건들은 대부분 처리 못할 쓰레기로 쌓여갑니다. 내가 쓰레기를 만들어내고 환경을 파괴하는 일원 중 한 명이라는 것을 늘 인지하고 조금씩은 불편하게 살아야 할 것 같아요.

딩크족으로 살기를 선택하는 데 이 환경문제에 대한 신념이 크게 작용하는 분들도 있는 걸로 압니다. 관련 서적을 찾아 읽어보았는데 솔직히 조금 어려워서 전부 이해하지는 못했으나 분명 생각해볼 만한 문제였습니다.

하지만 저의 두려움은 환경을 보호하겠다는 신념에서 오는 것은 아니에요. 확실히 전보다 아이를 키우기 위해 신경써야 할 부분이 많아진 건 사실이잖아요. 제가 이 부분들을 세심하게 케어할 수 있을 것인가에 대한 걱정이에요. 결국은 불안증에 연결된 일들입니다. 제 모든 불안은 일어나지 않았지만 있을 수도 있는 일을 전제로 하고 있기 때문에 생각을 안 해볼 수가 없었어요.

남편은 고양이 알레르기와 먼지 알레르기가 있습니다. 고양이와 함께 살면서 개선할 수 있는 방안을 생각해보았고,

병원에 다니면서 이 증상들이 면역체계가 무너지면 더 심해질 수 있다는 얘기를 들었어요. 컨디션 문제도 있겠지만 생활환경의 개선만으로 나아질 수 있다는 조언을 듣고 서울보다 조금 더 공기가 좋고 넓은 공간에서 생활할 수 있는 양평을 선택해서 신혼집을 꾸렸습니다. 이 부분은 미래에 태어날 아이를 위한 일이기도 했어요.

이사 후 남편의 비염은 많이 나아졌으나 이상 없던 제 면역력에 문제가 생겼습니다. 이유는 알 수 없지만 어느 날 갑자기 온몸 여기저기에 염증들이 터져 나오는 일이 발생했어요. 저는 전반적인 알레르기 수치가 낮은 사람이었는데도 불구하고 환경적, 신경적 요인으로 인해 면역체계가 무너지면서 생긴 질병이라고 하더군요. 선천적으로 둘 다 건강한 체질이라 몸에는 아무런 문제가 없을 것이라고 자만했는데 무너진 면역체계 앞에 걱정만 더 늘어갑니다. 괜찮은 걸까요?

훗날 어떤 선택을 하든 이 부분에 대해서는 늘 고민하고 불편해해야 해요. 어릴 때부터 포스터나 표어 등으로 늘 쉽게 접했던 말들이지만 이젠 조금 절실해져야 하지 않을까요? 뻔한 이야기지만 각자 할 수 있는 작은 일부터 책임감을 가지고 실천하는 자세가 필요해요. 간단히 모바일로 검색만 해봐도 지킬 수 있는 일들이 많습니다.

마음대로
되지 않는 일

"나는 나를 잘 알고 있다고 생각했는데. 써놓은 편지를 읽다 보니 내가 이렇게 부정적인 생각이 가득하고 걱정이 많은 사람이라는 것에 새삼 놀래게 되네. 나는 어쩌다 이렇게 되어버린 걸까? 난 아직 인생을 잘 모르지만 한 가지 확실한 건 즐겁고 행복한 일들만 가득하지 않다는 거야. 가끔은 삶의 의미에 대해 깊이 생각해보기도 해. 무엇을 위해, 왜 사는 것일까 깊은 고민에 빠져서 허우적대다 빠져나오려고 발버둥치기도 하지. 나는 어쩌면 죽을 때까지 이 상태로 질문만 던지다 갈지도 몰라. 인생에 대한 어떠한 대답도 해줄 수 없는 내가 무슨 아이를 낳는다는 거야."

어린 시절, 학창 시절을 떠올려보자면, 그때의 친구들은 저를 밝고 건강한 사람으로 기억할 수도 있겠지만 사실 저는 늘 불안하고 눈치를 많이 보는 소녀였던 것 같습니다. 사랑과 관심을 받고자 하는 마음이 강했고, 친구들에게 모든 진심을 쏟지는 못하면서도 미움은 받고 싶어 하지 않았어요.

제 교우관계는 얕고 짧은 편이었습니다. 물론 진심으로 저를 사랑해주고 늘 지켜주는 친구들도 있었지만 저는 오히려 그 친구들에게는 짜증도 많이 내고 말도 예쁘게 하지 않으며, 잘 챙기지 못하고 겉돌았어요. 극단적으로 표현하자면 조금은 겉과 속이 다른 가식적인 아이였던 것 같아요. 저는 겉으로만 친절과 사랑을 표현하면서 친구들에게 진심 어린 사랑을 바란다는 것 자체가 모순이었습니다. 서툴고 이기적이었어요.

나이를 먹고 사회생활을 해가며 저의 이런 성향을 파악했고 고치려고 노력도 했지만 변하지 않는 건 있어요. 전 여전히 미움 받는 것을 심하게 두려워합니다. 그래서 지나치게 타인의 시선과 평가에 예민하고 불안해요.

좋은 사람이 되고 싶은데 제가 좋은 사람이 아닐 때에서 오는 괴리감이 저를 더욱더 불안하고 걱정이 많은 사람이 되게 만들었습니다. 이 부분은 분명 내려놔야 할 부분인데 쉽지 않아요. 하지만 끊임없이 노력해야겠죠. 이제는 남들에게 좋은 사람이 아니라 제 스스로가 만족할 만한 덤덤하고 평온한 사람이 되고 싶어요.

앞에서도 언급했지만 저는 전반적인 과거의 기억이 많이 없는 편이에요. 어린 시절 친구들의 이름도, 살아왔던 장소도, 해왔던 일들도 잘 기억나지 않아요. 매 순간 최선을 다해서 살면서, 안 좋은 기억을 빨리 지우고 싶어 하는 성향 때문에 그럴 것이라는 얘기를 들었습니다.

맞아요. 과거를 떠올리다 보면 좋고 행복했던 기억보다는 절망을 느꼈던 때라든지 상처를 받은 순간만 계속 떠올리게 되어 다시 그 감정을 느끼고 싶지 않아 잊으려 애를 쓰는 것 같기도 합니다. 그래서 온전히 행복했다는 감정이 희미해요. 이 부분이 조금 안타깝습니다.

분명 저는 소소한 것에 행복을 느끼고 작은 즐거움에도 감정이 자주 움직이고 흘러가는 편인데, 좋은 기억을 많이 남겨놓지 않았다는 것이 속상합니다. 분명 제가 추구하는 행복이라는 것이 거창하고 화려한 것이 아님에도 충분히 누리지 못하고 있어요. 마음을 바꾸고 노력하면 이 부분도 나아질 수 있을까요?

지금의 저를 만든 건 분명 과거의 제 자신입니다. 조금 더 일찍 저의 부정적, 불안적 성향을 깨닫고 개선을 할 수 있었다면 훨씬 더 여유롭고 편한 사람이 되어 있을지도 모르죠. 걱정이 많은 부정적인 사람으로 보이고 싶지 않았기 때문에 그동안 주변에도 이런 고민들에 대해 털어놓지 못했어요.

마음이 너무 힘들어 억지로라도 웃을 수가 없는 상황이 되면 저는 흔히 얘기하는 "잠수"를 택했습니다. 한동안 사람을 만나지 않고 혼자 집에만 틀어박혀 아무 연락도 받지 않고 스스로를 가두어왔어요. 분명 주변에 제 이야기를 들어주고 조언을 해줄 좋은 사람들이 많았음에도 충분히 기대거나 의지하지 못했습니다. 남들의 평가에 집착하여 세심히 돌봐주지 못하고, 챙겨주지 못한 제 자신에게 너무 미안합니다.

하지만 한편으로는 스스로 방치한 제 자신을 지금이라도 알아채서 다행이라는 생각이 들어요. 인지하지 못했더라면 불안과 부정은 계속 더 깊이 파고 들어가 돌이킬 수 없을 만큼 어두워져버렸을 수도 있겠죠. 남은 시간 동안 앞으로는 조금 더 나은 인생을 살 수 있지 않을까요?

40을 바라보는 나이가 되었는데도 배울 것도, 느낄 것도, 생각할 것도 많아집니다. 내 아이에게는 내 삶을 사랑하는 방법과 인생에 대한 좋은 이야기를 들려주고 싶은데, 제가 온전치 못한 어른이라서 누군가를 제대로 이끌어줄 수는 없을 것 같아요. 상담과 치유를 통해 스스로에게 만족스러운 사람이 된 후에야 그 마음이 생길 것 같은데 그게 언제가 될지 모르겠어요. 제 마음대로 되는 게 아니니까요.

하지만 불안해하지 않기로 했습니다. 물론 제가 나이가 적은 것은 아니지만 그에 쫓겨 다른 걱정과 불안감을 키우고 싶지는 않습니다.

미래에 대한
기대

"힘들고 피곤한 오늘 하루를 견디는 건 미래에 대한 희망과 기대 때문이겠지? 사실 가장 큰 문제는 내가 어느 순간에 갇혀 있기를 바란다는 거야. 당신을 처음 만났던 그 순간 그 계절, 온전히 사랑을 받던 그때의 '마냥 행복했던 나'에 머물고 싶어. 알 수 없는 걱정은 계속 쌓여가고, 모든 세상에 잿빛으로 불안해서 정신까지 탁해지는 순간이 오면, 과거의 그때 그 순간 세상에 멈춰버렸어야 한다는 생각을 하곤 해. 나는 도대체 언제, 어디서부터 왜 망가진 걸까? 행복하게 살고 싶다는 마음이 간절하면서도 나는 왜 미래에 대한 희망과 기대를 팽개쳐버린 채 과거의 나를 추억하며 살고 있는 걸까?"

마지막 편지는 지워야 할지 말지 고민이 많았습니다. 모든 것이 불안하고 모든 것이 부정적인 제 절규였으니까요. 그냥 평생 잠이나 자고 싶다든지 세상이 멸망했으면 좋겠다든지 머릿속에 온통 나쁜 생각들로 가득했습니다.

이 편지를 쓸 때쯤 흔히들 얘기하는 공황장애라는 것을 처음 경험했어요. 숨이 쉬어지지 않고, 귀에서는 이명이 들렸으며 눈앞이 보라색으로 변해가는 그 와중에 알 수 없는 편안한 기분도 들었습니다. 지금 잠이 든다면 그냥 이렇게 평생 잠이나 잤으면 좋겠다고 생각했어요.

제 불안감은 도대체 무엇 때문에 폭발하여 여기까지 온 것일까요? 상담 선생님들과 남편, 그리고 친한 친구들과의 대화를 통해 어느 정도 유추는 해볼 수 있었습니다. 이 이야기는 어쩌면 공감하기 힘든 부분일 수도 있겠지만 제가 겪고 있는 과정이니 써 내려가 볼게요.

저에게 결혼이란 것은 인생 전반을 통틀어 전혀 생각해보지도 않은 것이었습니다. 앞서도 여러 번 언급했지만 비혼주의자였고, 평생 한 사람만을 사랑하며 살 자신도 없었기 때문에, 한 사람과의 미래를 꿈꾸는 일은 없었습니다. 사랑에 울고 상처받기도 하지만, 영원할 수 없는 감정이라고 확신했기에 그 아픔이나 감정이 오래가지 않았습니다. 또 다른 사람을 만나고 또다시 사랑을 하면 된다고 생각했기 때문에 깊이 고민할 필요가 없었고 굳이 감정을 소모할 필요도 없다고 생각해왔습니다.

사랑이라는 감정을 정의 내릴 수는 없겠지만 적어도 저에게는 그 정도 위치였어요. 그동안 저는 혼자만의 생활에 익숙해져, 단기적 목표를 세우고 기한이 정해져 있는 짧은 현재와 미래를 채워나가면서 순간의 행복을 잠시 마음에 담는 단순하고 심심한 생활을 해왔습니다. 분명 목표하는 결승점이 있고, 그 결승점들을 통과한 후 또 다른 결승지점을 찾아 달리는 것을 반복하는 일에 성취감을 느끼며 오늘을 잘 보내주는 것. 그것이 제가 살아가는 목적이자 이유였어요. 일하는 만큼 벌고, 그에 따른 보상으로 하루를, 일주일을, 한 달을, 일 년을 그저 살아가면 되는 것이었어요.

성공에 대한 욕심을 부리지 않고, 주어진 일에 최선을 다하면서 내 사람들만 잘 지켜내면 되는 삶이었습니다. 타인에게 손가락질 받지 않을 정도로만, 인간이라면 기본적으로 지켜야 할 것들만 지키면서 가끔 목소리를 내고 싶은 곳에 소심한 의견을 더하는 조용한 삶이었습니다.

하지만 남편으로 인해 저에게는 그와 함께해야 하는 미래가 생겨버렸습니다. 이 부분을 어떻게 설명해야 할지 모르겠지만 그 "미래"라는 것은 저에게 너무나 커다란 변화였고 심리적인 압박이 되었습니다. 함께 살아가야 하는 미래는 기약 없는 긴 시간이고 끝 지점도 보이지 않아, 어떻게 살아야 할지에 대한 고민이 시작되었습니다. 긴 미래를 함께 꿈꾸며 산다는 것이 저에게는 익숙하지 않은 일이었습니다.

나만의 장소가 함께 살아가야 하는 공간이 되어버렸고, 혼자서 해왔던 모든 선택과 결정이 상의를 거쳐야 하는 일이 되었습니다. 또 다른 가족이 생겼고, 남편으로 인한 새로운 인간관계도 생겨났습니다. 나만의 것이었던 것들이 더 이상 내 것만이 아닌 게 되었고, 내가 모르고 살았던 세상이 하루아침에 내 세상이 되었습니다.

결혼과 더불어 일적인 부분에서도 작은 변화들이 일어났어요. 30대 중반이 되면서 들어오는 일의 숫자가 줄어들고, 변화를 모색해야 하는 시기와 겹치게 되었습니다. 덜컥 겁이 나고 마음이 조급해졌습니다. 그 전까지는 휴식기간이 좀 길어지더라도 언젠간 다시 올 기회를 잡아, 그때 최선을 다해 좋은 모습을 보여주면 된다고 생각했었습니다.

그러나 또 다른 미래가 생기면서 생각할 것들이 많아졌어요. '아이를 계획하기 전에 어느 정도 준비를 해놓아야 하는데 지금 이렇게 쉬면 안 되는데, 나는 이제 결혼도 했으니 이대로 잊혀버리는 것이 아닐까?' 결혼이라는 작은 변화는 제 삶의 모든 면에서 변화를 가져왔고, 저는 갑자기 생겨버린 무게에 질식할 지경이었어요. 결승점이 보이지 않는 삶이 되어버린 느낌이었습니다.

저의 불안과 예민함은 고스란히 남편에게 옮겨졌습니다. 미래에 대한 걱정을 계속 쏟아내는 저의 감정이 옮겨가 새로운 분야에 도전하던 남편도 전과 다르게 괜히 조급하고 초조해했습니다. 저 때문에 변해가는 남편의 모습을 보면서 제 감정들을 점점 숨기게 되었어요.

대화가 현저하게 줄어들었고, 결혼 전 무조건적으로 저의 모든 행동을 이해해주던 남편도 달라졌습니다. 이유 없이 계속 불안해져만 가는 예민한 저를 다 포용하지 못하게 되었어요. 그러다 보니 제 마음속에 생긴 감정 변화를 남편이 알아주지 못한다는 생각에 서운하고 화가 치밀었습니다. 극단적으로 더 이상 절 사랑하지 않는다는 비약까지 하게 되면서 저는 더 우울에 잠식되어갔고, 악순환은 반복되었어요.

어찌해야 할지 감도 오지 않았습니다. 제가 갑자기 변해버린 이유를 저도 몰랐으니까요. 그냥 그렇게 계속 곪아버렸던 것 같습니다. 사는 이유가 사라져버린 느낌이었어요. 목표도 없고 계획도 없었습니다. 끝이 어딘지도 모르겠고, 미래를 어떻게 그려나가야 할지도 막막했습니다. 누군가와 함께 무엇을 꾸려나가는 일이 처음이었으니까요.

뜨거운 사랑 뒤에 맺어진 결혼이라는 현실이, 누군가가 내 삶에 갑자기 끼어들어 내 세상을 온통 흔들어놓아 버렸다는 생각에 잠시나마 남편에 대한 원망도 생겼습니다. 그런 상황에서 아이 문제에 대한 압박까지 더 해졌고, 그 문제가 아직 아무것도 정리되고 해소되지 못한 제 마음을 터지게 한 기폭제가 되어버린 것이었습니다.

결국 혼자 견디지 못한 제가 무너져버렸고, 남편은 당황했습니다. 잠시 동안은 본인이 저를 이렇게 만든 게 아닐까 하는 죄책감에 시달렸다고 해요. 하지만 제가 상담을 받고, 마음을 열어 남편과 다시 대화를 하면서부터는 그동안 서로 쌓아온 감정의 많은 부분이 해소가 되었습니다. 남편과 결혼에 대한 문제가 아니라 온전히 제가 가지고 있던 근본적인 문제였던 것을 깨달았고, 개선될 방법과 의지가 있다면 다시 예전의 모습으로, 전보다 훨씬 더 좋은 상황으로 돌아갈 수 있다는 희망이 보였어요.

그래서 제대로 저를 돌아보기로 마음을 먹었던 것입니다. 제 감정과 상태를 스스로 너무 몰랐어요. 사실 깊이 내면을 들여다볼 생각도 못 했습니다. 직접 마주하기 두려웠고, 겁이 났던 것 같아요. 제 안을 들여다보는 과정은 어렵고 힘든 일이었습니다.

하지만 인정하고 싶지 않았던 어두운 내 모습까지 파내고 감정의 깊이를 끝까지 따라가 보는 일은 매일매일 새롭게 다가옵니다. 깊은 우울에 빠져 더 허우적거리는 날도 있고, 원래 가지고 있던 부정적 성향들이 이 기회에 모조리 나와 터져버릴 때, 오히려 시원한 기분까지 들기도 합니다.

그동안 무시하고 숨겨왔던 감정들이 폭발하면서 극에 치달아 몸과 마음이 너무 힘들 때도 있습니다만 그럴 때마다 주변의 도움을 받기로 했습니다. 그토록 무서워했던 정신과에도 가볼 생각이에요. 약의 의존도에 대한 걱정이 있어서 끝까지 피하고 싶었지만 이 길고 긴 불안감에서 벗어날 수 있다면, 바른 상담과 치료로 다시 건강해질 수 있다면 도움을 받고 싶어졌습니다.

상담을 받고 나아지는 동안 남편도 저의 상담가가 되어주고 싶다고 자처했고, 솔루션을 내려주기도 했습니다. 그리고 제가 안정이 될 때까지 아이에 대한 문제는 시간을 두고 생각해보기로 했습니다. 남편은 제가 최우선이라고 했어요. 남편은 이 상황이 오래 지속되어 혹여 아이를 낳을 시기를 놓치는 일이 있더라도 저를 다그치거나 원망하지 않을 거예요. 이 세상에서 저를 가장 존중해주고 이해해주는 사람이니까요.

남편에게 힘든 상황이 생겼을 때 저는 지금의 남편처럼 행동할 수 있을까요? 무조건적으로 이해해주고 안아주는 사람이 될 수 있을까요? 한 가지 확실한 목표가 생겼습니다. '남편에게 좋은 사람이 되자.' 남편도 저에게 기댈 수 있는 든든한 버팀목이 되고 싶습니다.

삶에 큰 변화를 가져다주었지만 지금과 미래의 나를 있게 한 내 인생의 구원자인 남편에게 무한한 사랑과 감사를 보냅니다.

PART 3
남편의 상담실

타인에게 쏟는
에너지 줄이기

　도움을 주고 싶어 했던 남편은 연애 기간 포함 5년이라는 시간 동안 가장 가까이에서 저를 지켜보며 느낀 점들과 본인의 생각을 종합해, 제 자신을 찾아가는 여정의 좋은 방향을 제시해주었습니다. 깊고 긴 대화를 거치며 상담 선생님들과는 또 다른 조언을 해주었고 그 과정도 결과도 좋았기에 함께 나누고 싶습니다.

　저와 남편은 둘 다 타인에게 과할 정도로 친절하고 다정합니다. 저는 어릴 때부터 가지고 있던 성향 중 하나였고, 남편은 뮤지컬 배우로 데뷔 후 흔히 말하는 막내 생활을 수년 동안 거치며 생긴 습관이라고 했습니다. 눈길이 가고 마음이

가는 사람에게 호의를 베풀고 싶은 마음은 당연합니다만, 저희는 꼭 그런 마음이 아니더라도 습관적으로 타인에게 쏟는 에너지가 엄청나요.

처음 만나는 사람들 틈에서 어색한 분위기를 풀기 위해 보다 많은 말과 과한 행동을 합니다. 대화가 끊기지 않도록 끊임없이 눈치를 보고 새로운 주제를 찾아 이야기의 방향을 잡습니다. 상대가 어떤 기분인지 파악하려 노력하고 필요한 것이 있는지 체크합니다. 좋은 사람이라는 인식을 심어주려 하는 행동이 아니라 습관적으로 나오는 모습이에요.

특히 저는 남편의 친구들이나 지인들을 만날 때 극에 달하게 되는데, 남편이 표현하기로는 예능 촬영을 하는 사람처럼 목소리의 높이와 대화의 텐션이 평소와 완전히 달라지고는 한다고 해요. 분명한 건 제가 극도로 긴장해 있을 때 나오는 모습이라고 했습니다. 다른 사람들을 배려한다는 이유로 제 에너지를 타인에게 다 쏟아낸 후 집에 돌아오는 길에는 온 기운이 다 빠져 말할 힘도 없거나 그대로 잠이 들어버리거나 합니다.

저는 사실 극도로 낯을 가리는 사람이에요. 새로운 사람, 혹은 아직 편하지 않은 사람과의 자리에서 말없이 정적이 흐르는 순간의 어색함을 참을 수 없어서 늘 긴장하고 쉴 새 없이 떠들며 그 분위기를 전환시키려 에너지를 소모하는 것이었어요. 마음의 문도 잘 여는 편이 아니라서 친한 몇 사람을 빼놓고는 모든 사람이 어색하고 불편해요. 하지만 겉으로 절대 티를 내지 않으려 합니다. 그동안 소탈하다거나 성격이 좋다거나 하는 평가를 위안 삼으며 제 자신을 연소시켜왔어요.

이 행동은 사실 신인 시절 수많은 오디션을 거치며 더 심해졌습니다. 짧은 시간 동안 연기를 보여주는 시간이 끝나면 끊임없이 제 자신을 어필해야 했어요. 20대 초반의 나이였기 때문에 어림과 밝음이 무기가 될 수 있겠다 생각하여 극도로 활발한 모습으로 배역을 따내던 시절이 있었습니다. 밝고 건강한 20대의 모습은 많은 관계자분들께 좋은 이미지로 비쳤고, 이로 인해 배역을 맡게 되는 일이 많아지다 보니 지금의 제가 만들어졌습니다. 나는 힘들지만 모두 다 좋아해주니까요.

습관적으로 가면을 써오며 생활하다 보니 혼자만의 시간을 가질 때 당연히 조금은 허무해질 수밖에 없었습니다. 그러면서 스스로 가식적인 사람이라는 자책도 하게 되었고, 저의 진짜 모습이 무엇인지 가늠할 수도 없게 되어버렸습니다.

남편의 조언을 듣고 평소에 제가 어떻게 생활하는지 스스로 관찰을 하게 되었어요. 저는 남편에게 하루 일과를 종알댈 때만 빼놓고는 굉장히 정적이고 차분한 사람이었습니다.

조용히 책을 읽거나 대부분의 시간을 늘어져 보냅니다. 한 가지 신기했던 발견은 저의 속도에 관한 것이었습니다.

저는 늘 조급해하는 꽤 급한 성격을 가지고 있다고 생각해 왔었는데 평소에 저는 제 생각보다 아주 느린 사람이었습니다. 외출 준비를 할 때도, 밥을 먹을 때도, 음료수를 마실 때도 아주 천천히 움직이는 사람이었습니다. 남편과 평상시에 대화를 할 때에도 목소리가 낮고 느린 편입니다.

하지만 조금의 긴장이나 흥분을 하게 되는 상황이 되면 빨라지는 심장박동과 함께 모든 행동과 말이 빨라져요. 긴장이 되는 상황이 싫고 어서 그 상황에서 벗어나고 싶어 하다 보니 모든 것이 빨라지는 것이었어요. 제가 평소에 설렘이라고 생각했던 심장의 두근거림은 긴장이었습니다.

원하지 않게 변화하는 몸의 반응은 정말 많은 에너지를 소모시켜요. 그래서 늘 새로운 상황을 맞이할 때 그렇게나 빨리 지치고 힘들어했나 봅니다. 평소 급한 성격이 마음에 들지 않았던 저는 여유롭고 느린 사람들을 부러워하며 지냈는데, 제 안에 이미 가지고 있는 모습이라는 의외의 발견에 기분이 좋아졌습니다.

최근에는 누군가를 만나더라도 의도적으로 원래의 제 속도와 에너지에 맞추어 행동하려 노력해보았어요. 평소에 저를 알던 사람들은 컨디션이 안 좋거나 어디가 아픈 게 아니냐며 걱정했고, 저를 처음 만난 어떤 관계자들은 원래 텐션과 목소리가 이렇게 낮았냐며 처음 보는 모습이라고 놀라곤 했습니다. 제 기운을 스스로 조금 컨트롤하려 해보았을 뿐인데 이토록 다른 모습으로 비친다는 것이 새삼 놀라웠습니다.

대화하는 시간이 즐거워지는 경험도 했어요. 그동안은 제가 무슨 말을 했는지 기억이 안날 정도로 떠들어대곤 했는데, 지금은 말 그대로 편한 대화가 가능해졌습니다. 물론 아직도 어색한 정적의 순간이 오면 또 불쑥 심장이 두근거리고, 무슨 말이라도 해야 할 것 같아 발가락까지 간지럽습니만 나아질 거라 믿습니다.

변화되는 과정이 쉬운 일은 아니겠지만 재밌기도 합니다. 매일매일 새로운 제 모습을 계속 발견하는 기분이에요. 적어도 최근엔 누군가를 만나고 집으로 돌아오는 길에 온 기운이 다 빠져 지친 모습은 아닙니다. 집에 가서 빨래를 돌릴 만큼의 충분한 에너지가 남아 있답니다.

불필요한 말들
줄이기

　하루 동안 자기가 하는 말을 얼마나 기억할까요? 저는 습관적으로 정말 많은 말을 하고는 합니다. 직접적인 대화뿐만 아니라 대화 메신저나 SNS를 통해서도 하루 동안 셀 수 없을 만큼 많은 단어를 밖으로 내보냅니다. 그러다 보니 자그마한 실수들이 생길 수도 있고, 기억하지 못하고 그냥 흘려보내기만 하는 의미 없는 말들도 많이 내뱉고는 해요.

　누군가를 만났을 때 반가움과 아쉬움을 표현하는 말로 흔히들 밥 한번 먹자거나 커피 한잔하자는 말을 하고는 합니다. 저뿐만 아니라 대부분의 한국인들이 그렇다고 해요. 제일 많이 하는 질문과 인사가 시간에 맞춰 하는 끼니에 대한 질문이라고 하잖아요. 정이라는 예쁜 단어로 포장할 수도 있는 인사지만 적어도 저에게는 완벽히 진심이 담긴 안부라기보다 인사치레에 더 가까운 말들이에요.

남편이 묻더군요. 자기는 밖에서 사람 만나는 걸 그다지 좋아하지도 않으면서 왜 굳이 모든 사람에게 꼭 "언제 같이 밥 한번 먹어요"라는 말을 붙이냐고요. 정작 그 말에 누군가가 반응하여 바로 시간 약속을 잡는다거나, 따로 연락이 해 오면 저는 그때부터 온갖 스트레스를 혼자 떠안고는 합니다.

별로 친하지 않은 사이인데 무슨 대화를 할 것인지, 왜 굳이 밥을 먹자는 말을 해서 불편한 상황을 자초했는지. 그런 밥 약속을 잡아 외식을 하는 날에는 꼭 체하여 하루 종일 컨디션이 좋지 않습니다. 남편의 말이 맞습니다. 인사치레가 아닌 다른 말로 안부를 전하고, 마음만 전해도 되는 것인데 왜 꼭 습관처럼 지키지도 못할 말들을 하게 되는 걸까요?

분위기나 상황에 따라서도 굳이 안 해도 되는 말들을 하는 경우가 많아요. 누군가가 고민 상담을 요청했을 때 내가 해결해줄 수 없는 부분인데도 도와주겠다며 호언장담을 한다거나, 누군가의 부탁을 들었을 때도 상황을 고려하지 않고 바로 승낙을 해버린다거나. 모든 것들이 타인에 대한 애정과 배려에서 비롯된, 이미 입 밖으로 내놓은 약속들이지만 정작 저는 그 모든 말들을 지키지 못할 때가 훨씬 많습니다. 결국 말뿐인 사람이 된다는 것을 알면서도 분위기에 휩쓸리게 됩니다.

문제는 이 공중을 떠다니는 모든 말들이 저한테 짐으로 다가온다는 거예요. 인사치레든 다른 사람의 기분을 맞추기 위해 했던 말이든, 저는 제가 내뱉은 말들에 있어 어느 정도의 책임감을 가지고 있는 것 같습니다. 그리고 그 부분을 지키기 위해 쓸데없는 에너지를 소모해가며 노력해요.

예를 들어 우울해하는 친구에게 "마음이 힘들어질 때마다 나한테 전화해"라는 말을 해놓고 정작 정말로 전화가 잦아지면 그로 인해 제 생활을 망친다거나 제 기분까지 우울해질 때가 있어요. 심한 경우 저를 감정의 쓰레기통으로 이용하는 것 같아 화가 나기도 하고 친구와의 사이가 나빠지기도 합니다. 차라리 그냥 입바른 말로 친구를 위로해주기보다 묵묵히 들어주기만 했었다면 더 좋을 뻔했어요.

스케줄로 일정표가 가득 차 있음에도 불구하고 "필요하실 때 불러주세요"라는 말을 던져놓고는, 막상 연락이 오면 내가 뱉어놓은 말을 지키려 다른 중요한 일정에 피해를 입혀가면서도 약속을 지키려 합니다. 막상 피로가 쌓여 부탁받은 일에 제 기량을 발휘하지 못하면 자괴감에 빠지기도 합니다.

오디션을 보거나 미팅을 할 때도 가끔 과장된 말로 곤욕을 치르기도 합니다. 춤을 잘 추냐는 감독님에 질문에 일단 그

오디션에 합격하기 위해 잘 춘다고 대답을 했다가 합격 연락을 받고는 급하게 댄스 학원에 등록해 춤을 배운다거나, 영어를 잘하냐고 묻는 질문에 영어 울렁증이 있으면서도 잘 할 수 있다고 선언해놓고 촬영 전날까지 발음 연습을 하느라 진땀을 뺀 적도 있어요.

다른 배우의 컨디션이 좋지 못해 일정을 바꿔줄 수 있냐는 부탁에 열심히 하는 사람의 이미지를 심어주고 싶어 제 체력에 무리임을 알면서도 수락했다가 다음 날 몸살이 나기도 하고, 직접 하기에 위험한 액션신들도 열정이 넘쳐 제가 하겠다고 하고는 경미한 부상을 당하기도 합니다.

왜 굳이 없어도 되는 피곤함과 스트레스를 만들어내는 걸까요? 글쎄요. 저도 궁금해졌습니다. 한 번 더 생각하고 얘기해도 되는 상황에 왜 말부터 앞서 자주 곤란함에 빠지는지. 다른 사람에게 좋은 인상을 심어주기 위해 습관처럼 내뱉는 모든 말들이 모두 좋은 결과에 도달하는 것이 아니라는 걸 좀 더 일찍 깨달았다면 지금처럼 머리보다 먼저 튀어나가는 입을 더 빨리 컨트롤할 수 있었겠지요.

입 밖으로 내뱉은 말은 감정으로 연결되기도 하고 상대방에게도 전염을 시키고는 합니다. 아무 생각 없이 내뱉은 피곤하다는 말에 정말 그때부터 피곤해져 기운이 없기도 하고,

사소한 일에 짜증난다는 말을 쉽게 내뱉어 상대방에게까지 짜증을 전염시키기도 해요.

아무래도 남편과 하루 대부분의 시간을 함께 보내다 보니 이 부분은 남편에게 가장 많은 영향을 끼치고는 합니다. 한동안 감정의 파도가 심할 때 "나 지금 우울해질 것 같아, 나 불안해지려 해"라고 속에 있는 감정을 말로 내뱉어 기분을 전환시켜보고자 했었는데 전환은커녕 옆에 있는 남편도 함께 우울해지거나 불안해지게 만들기 일쑤였어요.

말은 엄청난 힘을 가지고 있습니다. 요즘 같은 세상에선 더욱 그런 것 같아요. 생각 없이 내뱉거나 분위기에 휩쓸려 한 실없는 농담이 누군가에게 상처나 불쾌감을 줄 수도 있고, 한순간에 허풍이나 허세가 심한 사람이 될 수도 있죠. 일단 저부터가 누군가 호의로 던졌던 질문에 쌓여 있던 감정이 폭발해 힘들어하고 있잖아요.

직업상 더 조심해야 하기도 하고, 저 스스로를 위해서도 좋지 못한 말 습관은 확실히 고칠 필요가 있어 보여요. 말을 내뱉기 전에 한 번쯤 생각해보는 훈련을 해봐야겠습니다. 이 것이 저의 스트레스나 불안을 줄이는 데도 큰 도움이 된다면 더욱 신경 써야겠지요.

순간적 과민반응
줄이기

    저는 타고난 팔랑귀에 교육된 불편러가 아닐까 생각합니다. 과거에는 아무렇지 않던 것들이 어느 날 새삼 너무나 불편하고 부당해 보일 때가 있어요. 굳건히 지키는 신념이나 가치관들을 제외하고는, 시대가 변하고 사회 인식이 변하는 과정을 지켜보면서 저도 자연스럽게 무언가를 바라보는 시각이나 인식이 자주 변하기도 하고, 쉽게 흔들리기도 합니다.

    분명 20대 때는 그냥 지나칠 수 있던 사소한 것들이 30대가 되고 나서 참을 수가 없게 되어버린 경우가 많아요. 가장 크게 변한 부분은 사회적 정서 부분인 것 같아요. 매일 뉴스와 칼럼들을 보고, 새롭게 올라온 게시물들과 온갖 잡지식에 관한 글들을 읽는 것이 습관이 된 순간부터 저도 모르게 차근차근 쌓여온 것들이 있어요. 가장 큰 부분을 차지하는 게 차별과 혐오에 대한 분노인데 이 부분에 있어 확고한 생각을 가질수록 사회는 너무 부당한 것이 되어버렸습니다. 이것이 간혹 일상생활에 불편함을 초래할 때도 있어요.

충분히 인지하고 있는 사항인데도, 우리는 습관적으로 혹은 순간적 실수로 잘못된 단어를 선택한다든지 표현을 할 때가 있어요. 저도 물론 마찬가지입니다. 1985년에 태어난 저도 분명 지금과는 다른 교육과정을 거쳤고, 인식이든 생활방식이든 요즘 세대에 비해서는 옛날 사람임이 분명합니다. 더 어른들의 관습과 편견을 배웠고 그쪽이 훨씬 더 익숙하고 편하기도 해요. 하지만 태어난 때와 상관없이 현재를 살아가는 사람으로서 기본적이고 도덕적인 부분을 제외하고는 시대에 맞춰 사는 게 좋다고 생각해요.

우리가 아무렇지도 않게 관용적으로 사용하던 언어들 중 사실 차별과 혐오에서 온 표현들이 많습니다. 소수자를 차별하는 뉘앙스를 풍긴다거나 자신과 다른 사람을 비하하는 표현들이 넘쳐나요. 사실 이 부분은 엄청 신경 쓰고 행동하지 않는 이상 십수 년간 혹은 수십 년간 몸과 입에 배어온 것들이기 때문에 쉽게 인지하지도, 고쳐지지도 않아요. 저도 가끔 무의식중에 실수를 하기도 하고요.

하지만 배우려고 노력조차 하지 않는 사람들을 보면 극심한 분노가 차오릅니다. 순간적으로 정색을 하기도 하고 더 이상 말을 섞고 싶지 않아서 자리를 피해버리기도 해요. 하지만 그럴 수 없는 상황이 있잖아요. 그때의 저의 반응에는 어느 정도 문제가 있습니다. 불편함을 표현하지 못하고 그 자리를 견뎌야 할 때 신체적 변화까지 일어나요. 식은땀이 흐르고 손발이 차게 식으며 떨려옵니다. 심장이 빠르게 뛰고 언제든 폭발할 상태가 되고는 하는데 다행히 남편은 이 부분을 빠르게 눈치채고는 합니다.

불편한 것들이 너무 많아져 일상생활에서 받는 스트레스도 커지는 저에게 남편은 늘 조언해줍니다. 모든 사람의 생각이 저와 같을 수 없고, 그토록 바라는 좋은 사람이 되려면 그런 상황에서도 유연하게 대처해 넘길 수 있어야 한다고요. 혹 그게 너무 견디기 힘들고 불편할 때는 차라리 목소리를 높이라고 얘기해줍니다.

유교적인 교육을 받았으나 현대적인 마인드를 동시에 가지고 있는, 모순적인 저로서는 사실 어느 자리에나 제 견해를 주장하고 불편함을 드러내는 일이 쉽지는 않습니다. 하지만 보고 싶은 것만 볼 수 없고, 듣고 싶은 말만 들으며 살 수 없기 때문에 어느 정도 조율과 타협이 필요한 부분임은 분명

한 것 같습니다.

최근에는 평가하는 뉘앙스가 담긴 말에도 순간적으로 예민해지는 경험을 많이 합니다. "오늘 굉장히 수수하네"라는 단순한 말에 오늘 나의 옷차림과 화장이 어떻게 보이는지, 혹여 TPO에 어긋나는 상황은 아닐지, 관리가 안 된 모습으로 보이지는 않을지 걱정합니다. 혹은 "오늘 화려하네"라는 말에, 이게 칭찬인지 비꼬아 하는 말인지에 대한 의도를 파악하려 날카로워지고는 합니다. 그것이 그의 주관적 취향에서 나온 말인지 객관적인 평가인지에 대한 것을 살피고, 어떤 의도든지 상대에게 평가를 당했다는 생각에 순간적인 분노가 치밀어요.

그러면서도 "이제는 나이 들어 보인다"라는 말은 칭찬의 뉘앙스가 아니었음에도 불구하고 겉모습이라도 성숙해지고 있다는 기대감에 기분 좋게 듣기도 하고 그래요. 모순적이고 일관되지 못합니다. 분명 제 기분에 따라 받아들이고 있는 거잖아요.

사실 아이에 대한 부분도 이런 저의 상태에서 오는 과민함이 크게 작용했습니다. 그 질문이 무례하다고 느낀 이유가 결과적으로 차별과 비난, 평가에까지 이르는 광범위적이고 폭력적인 뉘앙스가 담겨 있다고 인식했기 때문이에요.

네, 물론 과민한 반응임을 인정합니다. 제가 하는 발언이나 행동이 주위 사람들에게 끼칠 영향을 생각해 제 생각과 의견을 늘 숨기고 살았기 때문에 발현된 그릇된 감정 표출일 수도 있다고 생각했어요. 그냥 통념적으로 결혼한 신혼부부에게 그냥 던질 수 있는 질문이잖아요. 순간적으로 대답을 회피하거나 단순하게 넘길 수 있는 문제였을 텐데도 그날의 제가 다른 어떤 요인으로 인해 더 민감하게 받아들였을 수도 있다고 생각해요.

　무엇을 어떤 감정으로 받아들이냐는 상대방의 의도보다는 지금 제 안에서 일어나고 있는 감정 변화에서 비롯되었을 가능성이 큽니다.

　그 의도를 계속 파악하려고 애쓰거나, 순간적으로 예민해지거나 하지 않아도 될 것 같아요. 불편하거나 불쾌한 마음이 생기면 지금 제 안에서 일어나고 있는 감정이 어떤 상태인지 먼저 살피는 게 중요한 것 같습니다.

　스스로를 들여다보는 훈련이 계속되고 나면 일상생활을 하는 데 있어서도 조금 더 유연한 사람이 될 수 있을 거예요. 단, 제 감정 상태의 문제가 아니라 객관적으로 상대방의 태도가 잘못되었다고 확연히 느껴지는 상황에서는 남편의 조언대로 언쟁이 될지언정 참지 않기로 다짐했습니다.

기분환기 방법
만들기

    상담 센터에 찾아가기 한참 전, 처음 남편에게 저의 알 수 없는 우울과 불안에 대한 이야기를 꺼내놓았을 때, 긍정적으로 생각을 하라는 뻔한 대답을 받았습니다. 그 대답은 그때 기분을 더 상하게 만들었어요. 그게 마음먹은 대로 쉽게 되는 일이었으면 말도 꺼내지 않았을 텐데요. 우울감이 느껴질 때 주변 사람들에게 감정에 대해 토로하면, 돌아오는 대답들이 대부분 비슷합니다. 안 좋게 생각하지 말고 좋은 쪽으로 생각하려고 노력해보라는 대답이죠.

    감정이 극한으로 치달아 주위의 도움을 요청했을 때 이런 조언들은 오히려 분노의 기폭제가 되기도 합니다. '그렇게 말처럼 쉽게 되는 일이었으면 이렇게 힘들지 않았을 텐데, 이렇게 성의 없는 얘기를 해줄 거면 그냥 차라리 아무 말도 하지 말고 들어나 주지, 내가 하는 말이 단순한 투정으로 들리는 걸까? 나는 지금 절규를 하고 있는데.'

사실 생각해보면 이야기를 들어주는 사람은 저에게 도움을 주고 싶어서 나름의 해결책을 제시해주는 최선의 방법을 택했을 수도 있어요. 돌이켜보니 저도 주변에 비슷한 이야기를 해주는 것 같고요. 하지만 아무런 도움이 되지 않았습니다. 상대방이 느끼는 감정의 어둠과 깊이가 어느 정도인지 파악하지 못한 채, 섣부르게 하는 조언이나 충고가 위험할 수도 있다는 생각을 처음 해보기도 했어요.

때문에 정신건강 센터에서의 첫 상담은 신선했습니다. 먼저 제 이야기를 충분히 들어주고 적절한 질문들을 통해 숨어 있던 저의 속마음을 털어놓게 만들더라고요. 뚜렷한 해결책을 제시하지도 않았고, 그 어떤 조언을 해준 것도 아니었지만 그냥 제 입을 통해 감정을 토로하는 것만으로 풀리는 무언가가 있더라고요. 온전히 들어준다는 행위만으로도 위로가 될 수 있다는 경험이 신기했습니다.

하지만 곧 답답한 무언가들로 다시 숨이 막히고 불안이 몰려왔습니다. 그때마다 전화 상담을 통해 화를 삭이기도 하고 감정을 쏟아내기도 하면서 잠시 해소하기를 택했습니다만, 결국 저의 감정을 다스리는 건 저이고 그건 제가 스스로 해내야 하는 일이라는 것을 깨달았어요. 감정은 마음먹기에 따라 달라진다는 단순하고 뻔한 진리, 하지만 이걸 누군가의 입을 통해 들었을 때랑 스스로 깨달았을 때의 차이는 생각보다 컸습니다.

상담 후 남편은 제 이야기를 순수하게 많이 들어주려 노력합니다. 그럼에도 불구하고 꼭 해결책 하나씩을 제시해주고는 하는데 예전보다는 조금 더 구체적이고 친절해졌습니다. 상담 후 많이 나아지고 있기는 하지만 가끔씩 찾아오는 감정의 소용돌이에 휘말려 힘들어할 때가 있어요. 그리고 그 전조증상은 분명히 있었습니다.

저 같은 경우는 몸이 가려워 계속 긁는다거나 소리에 지나치게 민감해지고는 합니다. 그러면서 이유를 알 수 없는, 참을 수 없는 짜증이 나고, 말투와 눈빛이 공격적으로 변하며 식은땀이 나고 심장이 빨리 뛰면서 몸이 미세하게 떨려옵니다. 그 감정의 시작점이 무엇인지 알면 빨리 해결을 해버리거나 잊으려 노력해보기라도 하겠는데, 이유가 없이 몰려올 때는 대책 없이 잠식되고는 해요. 이 정도까지 오면 하루가 다 망가집니다.

남편은 전조증상이 보이기 시작할 때 아예 다음 단계로 진입을 못하도록 사전에 차단하여 감정을 전환시키는 방법을 제시했습니다. 집이라면 찬물로 샤워를 한다든가 찬 공기를 쐬어보는 방법이 있겠고, 밖일 경우에는 화장실로 달려가 손을 씻는다든지, 근처 편의점이나 카페로 가 산미가 있는 차가운 음료수를 마신다든지, 혹은 이어폰을 꽂아 주변의 소리를 차단시키고 감정을 바꿀 만한 음악을 크게 들어본다든지 하는 쉽고 간단한 루틴을 만들어보면 어떻겠냐는 것이었어요. 처음에는 이 작은 일들이 차오르는 감정을 어떻게 막는다는 것인지 이해가 되지 않아 부정적이었습니다.

어느 날이었습니다. 조금 긴 시간 동안 대중교통을 타고 이동해야 하는 날이 있었어요. 버스였고, 조금 이른 퇴근시간이었습니다. 초여름이라 아직 에어컨을 가동하지 않아 조금 후텁지근했고, 만원 정도까지는 아니었지만 그래도 좌석은 다 차서 손잡이를 잡고 서 있는 사람들이 몇 있었어요.

평범한 날이었으나 스케줄 변동으로 인한 매니저의 연락을 받고 나서 가슴이 답답해졌습니다. 그 일정에 맞추어 다른 스케줄과 개인적인 일정들을 완벽하게 조정해놓았는데 한쪽의 일방적인 통보로 일주일치 스케줄이 다 꼬였고, 지금부터 변경하고 해결해야 할 상황에 놓인 것입니다.

일단 스케줄을 마음대로 통보한 어떤 사람의 무례함에 화가 났습니다. 어렵게 잡아놓은 상담과 미팅 일정을 모조리 변경해야 했고, 시간이 맞지 않을 경우 다음 주로 넘겨야 했어요. 이번 주에 끝낼 수 있는 일들을 다음 주로 미뤄야 한다고 생각하니, 다음 주 계획에도 차질이 생길 것만 같아 짜증과 불안이 엄습해왔어요.

감정의 동요가 있을 무렵 온갖 비속어들을 섞어가며 대화하는 남학생들의 대화가 확성기를 댄 듯이 크게 귀에 들려왔고, 버스의 벨 소리, 문을 여닫는 소리 등 일상의 소리들이 뾰족한 송곳처럼 귀 안을 파고들었습니다. 참기가 힘들어져 내려야겠다 싶어 시간을 확인했는데 다음 버스를 타면 약속 시간에 아슬아슬하게 도착할 것 같아 불안했습니다.

어찌할 바를 몰라 눈물이 나올 것 같아서 손톱을 물어뜯고 있을 때 불현듯 남편의 조언이 생각났어요. 지금 할 수 있는 일이 아무것도 없으니 그거라도 해보자 싶어 창문을 조금 열고, 이어폰을 꺼내 귀에 꽂고는 마음이 안정된다는 클래식을 틀었어요.

귀에서 들리는 선율이 당시의 저에겐 전혀 아름답게 들리지 않았기에, 바로 플레이리스트를 바꿔 메탈리카의 노래를 최대 볼륨으로 틀고는 이어폰 밖으로 소리가 새어나가지 않도록 그 위를 손으로 막고 눈을 감아버렸습니다. 가사를 알아들을 수는 없지만 일단 귀에서 빠르게 울려 퍼지는 강하고 무거운 소리에 집중했습니다. 빠르게 뛰던 심장이 본인의 소리보다 더 크고 빠른 소리를 들으니 잠시 당황을 했는지 조금 얌전해지는 느낌이 들더라고요. 금세 감정이 조금 바뀌었습니다.

한 곡을 완벽하게 채워 듣고는 살짝 눈을 떠보았는데 그때 느낀 첫 감정이 '열어놓은 창문의 바람이 제법 시원하다'였을 정도로 저를 사로잡았던 불안과 짜증이 어느 정도 해소가 되었습니다. 그동안 음악을 들을 때 멜로디보다는 가사에 집중해서 듣느라 그냥 흘러가는 음만 듣고 감정이 해소가 된다는 기분을 거의 처음 느껴본 것 같아요. 영어를 잘 하지 못하는 게 다행이기는 처음이었습니다. 괜찮아진 제가 느껴지자 피식 웃음이 새어 나왔습니다. 할 수 있는 거였구나.

문제는 만들어놓은 감정 전환 루틴이 늘 똑같이 작용하지 않는다는 점이에요. 음악으로 안 될 때도 있고, 찬 음료수를 원샷한다고 해결이 되지 않을 때도 있어요. 그때마다 새로운 해소법을 찾으려 노력했고, 강박적 행동으로 발전시키지 않기 위해 일부러 다양하고 많은 루틴들을 만들었습니다. 간단히는 껌을 씹는 방법이 있고, 어렵게는 무작정 뛰거나 잠시 동안 잠수를 하듯 숨을 참는 방법도 있어요.

그러다 보니 감정 변화가 있을 때마다 이번엔 어떤 방법을 쓸지 고민하다가 불안을 잊을 때도 있고, 방법이 맞지 않아 여러 가지 시도를 계속하다가 짜증을 까먹을 때도 있어요.

적어도 부정적 생각이 머릿속을 채울 때 긍정적 생각으로 덮으려고 하는 것보다 훨씬 효과적이고 빠르며 간단한 방법이었습니다. 생각보다 내 우울과 불안의 시작은 가벼웠을 수도 있구나라고 생각하며 몇 번은 잘 넘길 수 있었습니다.

극한의 상황일 때
차가워지기

　남편의 이상형은 극한의 감정 상태나 위기에서도 냉정함과 침착함을 유지하는 사람이에요. 원래 결혼은 이상형과 반대되는 사람하고 한다는 말이 있는데 맞는 말인가 봐요. 남편도 성격이 급한 편이고 조금은 욱하는 성향을 가지고 있어요. 불의를 보면 잘 참지 못하고 조금이라도 흥분하면 목소리가 커지고 말이 빨라집니다. 그렇기 때문에 자신이 본받고 싶은 사람을 이상형으로 정해놓은 걸 수도 있겠네요.

　저는 계획했던 일이 무너졌을 때나 돌발 상황이 발생했을 때 가장 크게 흔들립니다. 그 때문에 시간 계산을 철저히 하고 변수에 대비해 여러 가지 상황을 염두에 두고 늘 대비합니다. 하지만 그 모든 것을 뚫고 튀어나오는 일들에는 감정적 반응에 이어 바로 몸에서 반응이 오기 때문에 심하게 안절부절못하는 편이에요.

그동안은 이 감정 변화를 혼자 견뎌내야 했기 때문에 애써 감추고 숨기느라 순간적으로 감정이 폭발하는 일은 거의 없었는데, 결혼 후 기댈 곳이 생기다 보니 여지없이 참지 않고 표현해버립니다. 믿고 의지할 곳이 생겼다는 것에 큰 변화가 생겼어요. 과거의 저는 불안한 감정 상태를 가지고 있긴 하지만 혼자 꾹 참고 견디며 잘 해결해왔다고 믿어왔는데, 지금은 기댈 수 있는 쪽으로 기울여 모두 쏟아내고 있는 것일지도 모르겠습니다. 남편은 제가 감정을 쏟아내는 모습만 보았으니 잘 견뎌낼 수 있다는 저의 말을 믿지 못하는 눈치였습니다.

어느 날, 머냥이(우리의 첫째 고양이)의 걸음걸이가 이상해서 살펴보던 도중, 항문 쪽에 살짝 튀어나와 있는 노끈을 발견하고 머릿속이 하얘졌습니다. 짧은 순간 얼마 전 받은 선물의 포장에 쓰인 노끈이라는 것이 생각났고, 곧 노끈이 있어야 할 선물 박스에 끈이 사라져 있는 것을 발견했습니다. 순간적으로 머릿속에는 노끈을 삼킨 고양이들에 대한 기사나 블로그들이 떠올랐고, 수술까지 했지만 결국 결과가 좋지 못했다는 무서운 경험담들이 스쳐 지나갔습니다.

바로 눈물이 터졌지만 남편에게 이 사실을 설명하고 병원에 가야겠다고 말한 후, 옷을 갈아입고 이동장을 챙겨 최대한 빨리 집을 나섰습니다. 온몸이 떨려 운전을 할 수 없는 상태가 되자 남편이 운전대를 잡았고, 머냥이는 고통 때문인지 갑작스러운 외출 때문인지 이유를 알 수 없는 괴성을 내질렀습니다.

잠시 후 24시간 동물 병원 응급실에 도착했고, 의사 선생님은 상황이 좋지 않지만 노력을 해보겠다고 하신 후, 바로 조치를 취해주셨습니다. 머냥이를 잘 어르고 달래며 노끈을 천천히 빼내기 시작했어요. 너무나 다행히도 저의 한쪽 팔 길이만 했던 노끈은 꼬인 곳, 묶인 곳, 끊긴 곳 하나 없이 한번에 잘 빠졌고, 의사 선생님께 감사하다고 말씀드리자마자 저는 다리에 힘이 풀려 주저앉고 말았습니다.

집으로 돌아오는 차 안. 노끈을 발견하고 병원에서 끈이 빠지는 것을 본 순간까지 시간이 어떻게 흘러왔는지 무슨 정신으로 병원까지 왔는지, 모든 기억이 통으로 날아간 것 같은 느낌에 허탈해져 있는데 남편이 얘기해주더군요. 그래도 생각보다는 침착했다고, 울면서도 해야 할 일을 아주 빠르게 다 처리하는 것 보고 대견했다고요.

하지만 그런 상황에서는 조금 더 차가워져보는 건 어떻냐고 조언했습니다. 그날은 늦은 밤이었고 남편도 옆에 있어서 제가 감정적으로 굴고 조금은 무너지더라도 괜찮은 날이었지만 혹시 혼자 있었다거나 남편에게 무슨 일이 생겼을 때는 오로지 그 상황을 감당해야 하는 사람은 저뿐이라는 걸 상기시켰습니다.

사실 그 얘기를 듣고 아찔하기는 했습니다. 언제부터인가 감정적으로 흥분상태가 되면 기억과 정신을 놓아버리는 저를 발견하곤 했습니다. 심각한 상태는 아니라고 생각했기 때문에 대수롭지 않게 넘겨왔었습니다만 같이 사는 사람의 생각은 달랐습니다.

그동안에도 극도로 우울하거나 불안할 때 아무렇지 않은 척하려고 에너지를 쏟아내고 나면 그날의 기억은 술을 많이 마신 다음 날 아침처럼 기억이 흐릿하고, 여러 장면들이 군데군데 삭제가 되어 있는 듯한 경험을 자주 하기는 했어요. 하루 일과를 마치고 집으로 돌아와 남편이랑 나눈 대화 전체를 기억하지 못한다든지 어딘가 혼이 나간 사람처럼 많은 음식을 제어 없이 먹어댄다든지. 남편이 관찰한 저는 조금 더 위험한 상황이었습니다. 간과할 일이 아니라고 했어요.

결혼 후 이상하게 감정의 컨트롤이 더 어려워요. 혼자 있을 때는 독립적으로 모든 일을 잘 처리해왔던 것 같은데 남편에게 너무 기대려고만 해서 마음이 약해진 탓일까요? 20살에 보조출연 연기자로 데뷔해 결혼 전까지 15년간 도대체 혼자 어떻게 스스로를 지켜왔는지가 까마득해졌습니다. 힘든 시기도 분명 있었지만 감정적 터널 속으로 깊이 들어간 적도 없었고 입구까지 갔더라도 금세 잘 빠져나왔던 것 같은데 말이죠.

결혼은 안정감을 주면서도 동시에 저라는 공든 탑의 일부를 무너지게도 했습니다. 하지만 전보다 더 견고하게, 튼튼하고 무너지지 않을 탑을 다시 쌓는 과정을 함께하는 것이 결혼이 아닐까 싶어요. 우선, 감정적 컨트롤이 잘 안 되는 문제에 대해 인지했으니 조금은 차가워져보기로 합니다.

호기심에 대한
집착 줄이기

연애 시절부터 지금까지 남편이 가장 신기해하는 저의 행동은 습관적으로 인터넷 서치를 하는 것이었습니다. 모르는 단어나 처음 듣는 이슈를 접하면 바로 그 키워드를 검색해 대략적 분위기를 파악한 후 관심분야거나 호기심을 자극하는 소재라면 바로 꼬리에 꼬리를 물어 그 분야에 대해 다 파악해야 직성이 풀리는 제 성격 때문이었습니다.

저는 이 성향을 쉽게 "잡덕기질"이라고 표현하는데 일상생활을 하는 데 있어 도움이 아주 많이 되는, 지금의 저를 만들고 완성시킨 큰 장점이라고 생각해왔어요. 하지만 남편에게는 고쳤으면 좋겠는 저의 습관 중 1번으로 꼽을 만큼 걱정이 많은 행동이었습니다.

예를 들어볼게요. 한때 남편과 저는 미국 드라마에 빠져 있었습니다. 미드 입문에 가장 기본이라는 〈왕좌의 게임〉을 즐겨 보았는데, 남편은 시청을 통해 작품 자체를 즐기는 스타일이라면 저는 공부를 통해 그 작품을 파악해야 하는 스타일이었어요.

원작을 찾아보는 것은 물론이거니와 전체적인 배경이 되는 극중 나라들의 역사 지식이라든지 가문의 탄생 과정, 각 가문의 관계와 특징, 그리고 주요 인물들의 특징에 대해 모두 알아야만 했고 관심이 생긴 일부 배우들의 전작과 연기 가치관, 그리고 감독과 작가의 성향과 취향까지 모두 알아내고 파고들어야 했습니다. 제 플레이리스트는 그 작품의 OST로 가득 찼고, 그 드라마에 나오는 것과 비슷한 뉘앙스의 대사를 일상생활에 자주 애용했습니다.

이런 것들을 모른다고 해서 작품을 감상하는 데 큰 무리가 없다는 것을 알면서도 궁금했고, 그것이 해소되어야 직성이 풀리고는 했어요. 검색과 이에 따른 일종의 공부는 대부분 핸드폰을 통해 이루어지고, 그렇기에 사실 저는 핸드폰을 보는 시간이 많기는 합니다.

일을 하는 시간을 제외하고는 관심분야에 대해 소위 "덕질"을 하느라 하루의 대부분의 시간을 할애했습니다. 남편은 처음에는 이 모든 것들이 연기에 어느 정도 도움이 된다고 생각하여 묵묵히 지켜보다가, 결국 제가 그 드라마를 모티브로 한 다른 콘텐츠들에까지 손을 뻗어내려 하자 제지를 시켰습니다. 이미 저에게는 시간과 에너지를 쏟는 많은 분야들이 있으니 더 이상 깊게 파고들어갈 필요가 없다고요.

남편의 말대로 호기심과 궁금증으로 인해 제가 빠져 있는 분야들은 정말 다양하고 광범위했습니다. 물론 시기에 따라 집중도나 애정도가 확연히 달라지긴 했지만 확고히 제 삶에 자리 잡고 있는 몇 가지 주제들이 있었습니다. 야구, 웹툰, 마블, 모바일 게임, 전반적 사회 이슈 등이 그에 해당되었고 하루 일과 중에 이것들에 대한 서치와 탐구 시간이 늘 일부분 포함되어 있어요.

이 몇 가지 분야만으로도 정말 많은 주제들이 파생되기 때문에 혼자 있어도 심심하거나 지루할 틈이 없었어요. 남편은 저의 호기심과 탐구 욕구가 제 몸과 마음에 쉴 시간을 주지 못한다고 생각했습니다. 맞는 말이었어요. 사실 저는 평소에 멍하게 있는 시간이 거의 없습니다. 자는 시간을 빼놓고 잠시 휴식이 주어지더라도 늘 무언가를 읽고, 보고 있어요.

사회적 이슈가 되는 모든 사건들에 대한 관심도가 높은 편이고, 정치·사회문제에 대한 여러 가지 뉴스를 접하며 하루에도 몇 번씩 감정 상태가 흔들리기도 합니다. 탐사보도 프로

그램을 보고 어떤 문제에 대해 너무 집중하여 과도한 걱정이 쌓여간다든지, 시각적 청각적으로 모든 것을 열어놓고 늘 촉을 곤두세우고 있기 때문에 머리도 감정도 쉴 수 있는 시간이 부족한 것은 사실입니다. 인생을 좀 더 부지런하고 풍요롭게 살기 위한 목적은 분명 아닙니다. 늘 끊임없는 호기심들이 꼬리를 물어 따라다녔고, 물음표가 뜨는 순간에 무조건 그것을 알아내야 하는 집착적인 성향을 가지고 있던 거예요.

이 모든 것들이 일상이 되면 가끔씩 숙제로 다가오기도 합니다. 매일 연재되는 웹툰은 하루라도 보지 않으면 수십 개씩 쌓이게 되고, 모바일 게임의 레벨업도 꼭 해내야 하는 인생의 퀘스트가 되었으며, 하루에 풀어내야 하는 궁금증의 양이 너무 많은 경우에는 밤에라도 그것을 풀어내야 했기 때문에 일종의 "할 일"이 되어버린 게 문제였습니다. 일이 되는 순간 그것을 성취해내지 못하면 또 일종의 불안감이 자리 잡게 됩니다. 별것 아닌 일인데도요.

어느 순간에는 이 탐구생활들이 더 이상 즐거운 일이 아닌 게 되어버립니다. 호기심에 대한 집착을 줄이고, 다른 의미의 알찬 휴식으로 시간을 보내며 머리를 비우면, 마음도 편해지고 생각할 일도 줄어들어 불안감이 생길 일을 조금이라도 줄일 수 있지 않을까요?

호기심을 넘어 집착에 가까워진 여러 가지 일들의 리스트를 작성하고 줄일 수 있는 것들은 줄여서 제 에너지를 지키기로 마음먹었습니다. 잘될지는 모르겠습니다. 하지만 이것이 저의 감정을 고요하게 만드는 데 도움이 된다면 시도해봐야겠죠.

계획표와 체크리스트에
의존도 줄이기

저는 어릴 때부터 생활계획표에 굉장히 집착이 심했습니다. 직업을 가지게 되면서는 불규칙적인 스케줄로 인하여 생활계획표는 사용하지는 않게 되었으나 매일 해야 하는 일을 적어놓은 체크리스트가 있었고, 꾸준히 잘 지켜왔습니다. 시간과 계획에 대한 조금의 강박이 있었지만 부담으로 느껴지진 않았어요.

남편이 남자친구였던 시절, 연습과 공연으로 인해 데이트할 시간이 거의 없었습니다. 함께 있고 싶은 마음이 커 제 촬영이 없는 날에는 그의 스케줄에 맞춰 생활하다 보니, 집에 있는 시간이 줄어들면서 체크리스트를 다 지키지 못하는 날이 많아졌어요. 그것에 대한 스트레스가 조금씩 쌓여갔나 봅니다. 핸드폰에 적혀 있는 개인적 체크리스트를 보며 한숨을 쉰다거나, 집에서도 시간에 쫓겨 늘 정신없이 움직이는 제 모습을 보면서 남편은 생활환경을 좀 바꿔보길 원했습니다.

체크리스트뿐만 아니라 스스로 만든 생활의 루틴 같은 것도 철저하게 지키는 편이었어요. 제 체크리스트와 루틴들을 조금 공개해볼까 합니다.

하루가 시작되면 침대에서 간단히 기지개를 켜고, 물을 마시고 화장실에 다녀온 후 몸무게를 체크합니다. 스케줄이 있는 날에는 간단히 배를 채우고, 침대 정리를 한 다음, 샤워를 한 후, 얼굴에 팩을 붙인 20분 동안 바디크림을 바르고, 머리를 살짝 말린 다음, 고양이 밥을 챙기고, 고양이 화장실을 갈아요. 팩을 떼어내고 나면 바르는 순서가 정해져 있는 기초화장품들을 바르고, 머리를 완전히 말리고, 옷을 갈아입고, 핸드크림을 바른 후, 턱에 붙이는 리프팅 팩을 한 상태로 분리수거할 것을 챙겨 밖으로 나갑니다.

스케줄이 없는 날에는 집안일 계획표를 따릅니다. 빨래를 돌리고, 세탁기가 빨래를 하는 동안에 청소기를 돌려요. 일주일에 두 번은 물청소를 하고, 구역을 나누어 간단히 물건 정리를 한 후에, 설거지를 하고, 그릇을 일일이 닦아 정리합니다. 빨래가 끝나면 세탁물을 건조기로 옮기고, 그 사이 화장실을 점검한 후, 건조기가 다 끝날 때까지 남은 다른 정리들을 하다가, 빨래를 꺼내 옷 수납박스들의 모양과 크기에 맞추어 빨래를 개요.

매일 스쿼트나 폼롤러 같은 간단한 운동을 해야 하고, 화제가 되는 영화나 드라마를 시청하면서 배울 점을 찾는 시간을 가지고, 잠깐 영어 공부도 하고, 다이어리를 정리하고, 독서를 해야 합니다. 중간에 시간이 되면 점심이나 저녁을 챙겨 먹고, 일이 빨리 끝나 휴식시간이 주어지면 잠시 게임을 하고, 웹툰을 보거나 잠깐 낮잠을 자기도 합니다.

취침시간이 가까워져 오면 고양이와 놀아주고, 고양이 물을 갈아준 후 저와 고양이 모두의 손톱, 발톱 정리를 하고, 샤워 후 피부관리 디바이스로 그날에 맞는 셀프 피부관리를 한 후, 영양제 등을 먹고, 내일 해야 할 일을 정리해놓은 후, 부종이 심한 다리 관리까지 해줘야 하루가 끝나요.

하루의 체크리스트를 완벽하게 지키면 열심히 살았다는 생각에 기분이 좋습니다. 하지만 이걸 병적으로 매일 지키려 하다 보니 시간에 쫓겨 하나라도 소홀하게 될 때, 스스로에게 엄청난 자책과 스트레스를 주고 있더라고요.

남편은 제가 좀 편하게 살기를 원했습니다. 해야 하는 일이 아닌 하고 싶은 일을 했으면 좋겠다고요. 계획표대로 살려고 아등바등하다 보니 운동이나 영어 공부 같은 일들이 숙제가 되어 오히려 하기 싫어져서 시간을 짧게 잡는다든지, 끝까지 미뤘다가 겨우겨우 해 넘긴다든지 하는 모습이 그다지 좋아 보이지는 않는다고 했습니다. 그래서 결혼 후에 남편과 함께 살게 되면서는 한동안 이 모든 것을 완벽히 놓아버렸어요.

계획표가 없는 삶은 너무 편했습니다. 그동안 왜 그것에 갇혀 살았나, 과거의 제가 이상하게 느껴질 지경이었어요. 하지만 너무나 큰 문제점이 있었습니다. 체크리스트를 지키지 않는 삶을 살기로 결심한 후 전 아무것도 하지 않게 되었어요.

남편은 집안일에 아주 적극적인 사람이에요. 요리하는 것을 좋아하고 청소도 즐겨 해요. 물건을 정리하거나 빨래를 개는 방법이 서로 너무 달라서 초반에 좀 부딪히는 일이 많았기에 전적으로 제 담당이 되었는데, 체크리스트를 들여다보지 않고 사는 저는 이조차 하고 싶지 않았습니다.

한 가지를 시작하게 되면 또다시 모든 것에 집착을 하게 될 것 같았는지 정말 그 무엇 하나도 시작하지 않게 되었습니다. 스케줄이 있는 날 지켜왔던 습관적 루틴들을 빼놓고는 하루 종일 웹툰만 본다든지, 게임만 한다든지 의미 없이 시간을 마구 흘려보내게 되어버렸습니다.

왜 이렇게 중간이 없이 극단적인 걸까요? 체크리스트를 없애라던 남편은 아무것도 하지 않는 저를 얼마 정도의 기간 동안은 그냥 지켜보다가, 결국 다시 계획적인 삶을 사는 것이 좋겠다고 말을 바꿀 지경에 이르렀습니다.

상담을 받으며 이 부분에 대해서도 물어봤어요. 계획표대로 살면 스트레스를 받지만 부지런해지고, 그렇지 않으면 한없이 늘어져 아무것도 하지 않는다고요. 상담 선생님은 선천적으로든 후천적으로든 완벽주의자 성향이 있어서 그럴 수도 있다고 말씀해주셨어요. 내가 짜놓은 계획에 맞게 살면서 하나라도 빠뜨리면 불안해지고 큰 잘못을 저지르는 것 같다가도, 그것을 벗어나려고 하면 완벽히 해내지 못할 바에야 아예 아무것도 안 하고 미루어버리게 되는 거라고요.

계획표대로 삶을 사는 것이 더 안정적인 삶을 영위할 수 있다면 체크리스트에 우선순위를 정해두고 꼭 해야 할 일과 미뤄도 되는 일을 따로 정리하여 생활해보기를 권해주셨습니다. 요일별로 해야 할 일을 다르게 정해놓는 것도 좋은 방법이라고 하셨어요.

지와 남편은 함께 공유하는 스케줄표가 있습니다. 각자의 스케줄을 기록해놓고, 처리해야 하는 일의 중요도에 따라 색깔별로 구분해 정리를 해두고 있어요. 저는 시간까지 타이트하게 정해놓았던 체크리스트를 없애고, TO DO 리스트를 만들어 생활하고 있습니다. 하루를 쓰는 데 있어 꼭 해야 할 일을 빨리 끝내놓고 다른 시간은 그때그때 하고 싶은 일을 하면서 지내요.

물론 이것도 아예 스트레스가 없는 것은 아닙니다. 꼭 해야 할 일과 아닌 일을 구분하면서조차 스스로에게 계속 질문하고 타협하는 과정을 반복하면서, 귀찮거나 힘든 일은 계속 미루게 되는 습관이 생겨요. 하지만 시간에 쫓겨 심장이 두근거린다거나 하루 일과를 정리해놓고 못한 일이 너무 많아 자괴감이 빠진다거나 하는 감정적 스트레스는 조금 줄어든 편입니다.

최근에는 하기 싫은 일을 남편에게 넘긴다거나, 할 일을 끝마치고 남편에게 바로바로 보고하여 칭찬을 받는 잠깐의 기쁨을 누리며 해야 할 일들을 해나갑니다. 남편은 제가 또 계획표 때문에 스트레스를 받는 일이 생길까 봐 늘 잘했다고 칭찬해주면서도 무리하지 말라는 말을 꼭 덧붙여 제 마음을 편하게 해줍니다. 참 고마운 일이죠.

좋은 점이 있다면 늘 자유롭게 그때그때 해야 할 일을 즉

흥적으로 처리하던 남편도 어느 정도 계획성 있는 삶을 살게 되었다는 겁니다. 잊어버리거나 실수하는 일이 줄어들고 하루를 쪼개 조금 더 알차게 살게 되었다고 저에게 고마워하기도 합니다.

아, 가끔은 남편도 시간이 부족해 오늘 했어야 할 일들을 못했을 때 조금은 속상해하거나 자책하고는 하지만, 그래도 긍정적인 사람이라 저만큼 힘들어하는 것 같지는 않아요. 다행이죠. 우리는 잘 협력하여 건강한 삶을 살아가고 있습니다.

취미
만들기

남편은 저의 불안을 해소시키고 삶을 좀 더 알차게 만들 수 있는 건강한 취미를 가지기를 바랐습니다. 남편은 공연을 하기 때문에 노래를 하고 춤을 추고 악기를 다루는 등 다양한 취미를 가지고 있어요. 매주 한 번씩은 축구를 하며 몸과 마음에 쌓여 있는 것들을 털어냅니다. 하지만 제가 가지고 있는 취미는 대부분 에너지를 크게 발산하는 종류의 것이 아니에요. 그리고 마음 아프게도 조금씩 다 변질되어버렸습니다.

좋아하는 야구팀이 있습니다. 경기장에 가서 큰 소리로 응원을 하고 경기를 즐기는 것을 좋아했습니다. 그래서 첫 자취방인 논현동에서 벗어나 아예 야구장에서 가까운 대치동을 두 번째 보금자리로 택했고, 제 인생의 첫 자가조차 대치동으로 결정하는 데 결정적인 영향을 끼쳤습니다.

같은 팀을 응원하는 사람들과 함께 경기를 보는 것은 색다른 재미를 선사하는데, 다행히도 가장 친한 친구가 같은 팀을 응원했기에 같이 야구를 보러 다녔습니다. 그 친구와 함께 못 가는 날에는, 같은 작품에 참여했던 한 친구의 추천을 받아 들어간 소모임 사람들과 어울리며 취미생활을 영위했어요.

문제는 시구를 하면서 그 팀의 팬이라는 것을 공개적으로 밝힌 후부터 경기장에서 응원을 할 때마다, 중계 화면에 자주 잡히게 된다는 점이었습니다. 화면에 잡히는 것이 처음에는 조금 부끄럽기는 했지만 두려울 정도의 일은 아니었어요.

하지만 한참 팀이 잦은 패배로 잠시 우울감에 빠져 있을 때가 문제였습니다. 그해에는 스케줄이 없을 때 거의 홈팀의 모든 경기를 보러 다녔음에도 불구하고 꼭 지는 날에만 화면에 잡혀 어느 순간 제가 경기장에 등장하면 팀이 진다는 이야기가 돌았나 봐요. 패배 요정이라는 별명이 붙어버렸습니다(그나마 다행히 요정이네요).

처음엔 그냥 웃으며 넘길 수 있는 대수롭지 않은 장난으로 느껴졌지만, 그해의 가을야구는 우리 팀에게 정말 중요한 순간이었고, 함께 응원하는 분들도 기대감과 예민함으로 가득

차 있던 때였습니다. 마스크와 모자를 쓰고 숨어서 경기장을 찾았음에도 순간순간 들리는 작은 소리들이 저를 좀 힘들게 했어요. '아……, 또 왔어……. 오늘 지겠네…….' 물론 일부였음에도 비난하는 소리가 정말 크게 들려왔습니다.

경기가 잘 풀릴 때는 거의 축제 분위기로 활짝 웃으며 즐기다가 잘 안 풀리면 웃기가 너무 힘들어지더군요. 경기 중에 사진을 찍어달라고 하시는 분들 앞에서 표정 관리를 잘하지 못하는 경우도 많이 생겼어요. 심지어는 응원을 갔다가 질 것 같으면 괜히 눈치가 보여 중간에 집으로 도망치는 일도 있었습니다. 이렇게 감정이 상해가면서까지 경기를 보러 다니는 것이 맞는지에 대한 의문이 생겨났습니다.

승패에 대한 과도한 집착도 문제였어요. 처음에는 분명 응원만 열심히 하는 건전한 취미였는데 어느 순간부터 그날 경기 결과에 따라 제 기분과 컨디션이 좌지우지되더라고요. 이긴 날은 감동의 눈물을 흘리기도 하고 세상을 다 가진 듯 기뻐하기도 해요. 하지만 그렇지 않은 날에는 기분이 어두워졌다가 결국은 분노하여 눈물을 터트리고, 화가 나서 견디지 못해하기도 합니다.

좋은 플레이 하나에 환호하다가 실책 하나에 바로 정색하고 화를 내고 있는 제 모습을 느끼고는 다시 건강한 취미로 되돌려 순수하게 즐기기로 마음을 먹었습니다. 그 후로는 거의 집관(집에서 경기를 관람하는 것)을 하거나 가더라도 외야에 구석자리로 잡아서 몰래 다녀오는 등 조용히 경기를 즐기고는 합니다만, 스포츠 경기 관람의 묘미는 역시 현장 관람이잖아요. 그때가 그립기도 합니다. 지금은 코로나와 이사로 인해 야구장을 찾는 일이 거의 희박해졌습니다. 상황이 좋아지면 다시 가서 즐기고 싶어요. 물론 전보다는 순수하고 건강하게요.

영화와 웹툰을 보는 취미도 어느새 취미라기보다는 공부가 되어버렸습니다. 영화를 보다 보면 스토리나 감정을 따라가기보다 캐릭터에 대해 분석하거나 배우에게서 배울 점을 찾느라 온전히 즐기게 되지 못하게 되었고, 매일 연재되는 웹툰을 따라가고 신작을 찾아가다 보니 어느새 매주 100편이 넘는 웹툰을 봐야 해요. 하루라도 밀리면 15개씩 정도씩 밀리는 거니까 하루 안에 무조건 보고 넘어가야 하는 숙제처럼 느껴질 때도 있어요.

레고, 퍼즐, 모바일 게임은 저에게는 건강한 취미가 되지 못한다 해서 잠시 멀리하는 중입니다. 저는 가만히 앉아서 한 가지 일에 집중하는 것을 좋아하는 편인데, 화장실도 가지 않고 물도 마시지 않은 채 일곱 시간 동안 움직이지 않고 허리를 굽혀 레고를 조립하는 제 모습을 보고 남편이 좀 무서워하기도 했습니다. 긴 시간 동안 허리나 다리에 쥐가 나는 것도 모르고 집중을 하고 있다가 조립이 다 끝난 후에는 허리를 펴고 걸을 수 없을 정도로 몸이 굳어버려 남편이 한참을 주물러주기도 해야 했어요.

오랜 시간 앉아서 하는 취미에 빠지면 시간과 공간을 모두 잃어버리는 듯한 느낌이에요. 나도 모르게 밤을 새는 경우도 있고, 무슨 요일인지 몇 시인지 인지하지도 못한 채 정신을 빼놓고 몰두해 있습니다. 남편은 중독이라고 표현했고 상담 선생님은 도피라고 표현했습니다. 둘 다 맞습니다.

하나에 빠지면 빠져나오기 힘들 정도로 집중해서 몰두하고, 일상생활에 지장을 줄만큼 집착합니다. 그것에 몰두하는 시간 동안에는 삶이나 일에 관한 모든 불안과 스트레스를 잠시나마 잊어버려요. 더 이상 불안하고 싶지 않아 잠시나마 다 잊고 다른 것에 집중해 도망가 있는 도피의 시간이기도 합니다. 이 중독과 도피에 가까운 취미는 확실히 건강과는 거리가 멀어 보입니다.

남편은 몸과 마음의 건강을 모두 되찾을 수 있는 종류의 취미를 권해요. 제가 감정적으로 불안해하거나 집착을 하지 않을 만한 건전하고 올바른 취미를 가져서 적당히 즐기고 마음의 여유를 찾았으면 좋겠다고 늘 얘기합니다. 사실 저는 저의 잡덕기질 때문에 좋아하는 것이 너무 많아 취미마저도 부자라고 생각해왔는데 그런 게 아니었나 봐요.

취미의 사전적 의미는 1. 전문적으로 하는 것이 아니라 즐기기 위해 하는 일, 2. 아름다운 대상을 감상하고 이해하는 힘, 3. 감흥을 느끼어 마음이 당기는 멋입니다. 지금 제가 취미라 부르고 있는 것들은 이 사전적 의미에 크게 부합하지 않는 것 같기는 합니다. 그 모든 것을 즐기고 있지도, 아름답게 보지도, 감흥을 느끼지도 않고 있으니 말이에요.

하지만 저에게 취미는 확실히 생각과 걱정의 도피처로 필요한 것도 맞아요. 야구를 순수하게 즐기고, 영화를 마음으로 감명 깊게 보고, 웹툰에 대한 집착을 조금만 줄이고, 퍼즐, 레고 조립, 모바일 게임 등을 하는 시간을 적당히 지킬 수만 있다면 이것들도 좋은 취미이자 안전한 도피처가 될 수도 있을 것 같아요.

최근에 찾은 또 하나의 취미가 있어요. 남편이 권유해준 취미입니다. 적당한 스포츠성이 있으면서, 청각적으로 스트레스 해소도 되고, 집중력에도 도움이 되면서 완벽히 제한 시간까지 주어지는 그 취미는 "사격"이에요. 저는 놀이공원이나 게임장에 가면 꼭 사격 게임을 하는데 좋아하기도 하고 하이 스코어도 늘 깨는 등 잘하기도 합니다. 정작 저는 생각도 못 하고 있었는데 남편이 그걸 기억하고 있다가 공기소총 사격이나 클레이 사격, 실탄 사격 등을 본격적으로 배워보는 것은 어떻겠냐고 의견을 제시해준 거예요. 전문적으로 배워보고 싶기도 하고, 재밌을 것 같아 가슴이 두근거리더군요.

남편 덕분에 정말 오랜만에 해보고 싶은 취미가 생겼어요. 부디 저에게 건강하고 안전한 도피처가 되길 기대합니다. 현재 유일하게 즐거워하고 있는 취미인 남편 덕질을 벗어나면 남편은 뿌듯해할까요? 아님 조금이라도 서운해할까요? 이 점도 궁금해지네요.

운동하기

저는 잔병치레도 잘 없는 건강한 체질의 사람입니다. 아니, 그렇다고 굳게 믿어왔습니다. 37년 동안 감기에 걸린 일이 손에 꼽고, 혹여 컨디션이 안 좋더라도 밥 많이 먹고 하루푹 자고 일어나면 다음 날 멀쩡해지고는 했어요. 밤샘 촬영도 문제가 없었고, 외적으로 표시가 나지도 않았습니다.

하지만 남편은 제 예민하고 좋지 못한 성격을 체력에서 오는 한계일 수도 있다고 보았습니다. 처음에는 이 말을 듣고 그냥 웃어버렸어요. 사실 남편과 함께 외출을 한다거나, 일과를 함께하다 보면 남편이 저보다 먼저 지치고 피곤해 하는 경우가 허다합니다. 그러면서 저에게 체력을 논하다니요.

남편의 말로는 제가 작은 일에도 감정적으로 큰 자극을 받기 때문에 순간적으로 에너지가 발산되어 일시적으로 체력을 끌어 쓰느라 단순히 피곤을 잘 느끼지 못하는 것일 뿐이라고 하더군요. 무언가에 급격히 신이 나거나, 갑자기 화가나거나 하면 몸의 컨디션을 잊고 감정의 에너지에 지배당해 잠시 스스로를 속이는 것이라고요.

곰곰이 생각해보니 그런 것 같기도 했습니다. 저는 10대 후반부터 얕은 기면증을 앓았었습니다. 일상생활 중 갑자기 온몸에 힘이 빠지고 미친 듯이 잠이 쏟아져 길을 걷다가도 잠시 벤치나 카페에 들어가 10분, 20분 정도 자고 일어나야 정신이 차려지는 등의 경험을 했습니다.

그때 정신과는 무서워 근처 내과에서 진료를 받았었어요. 약물치료는 원치 않았기 때문에 정신력으로 이겨내는 방법과 틈틈이 체력 보충을 위해 낮잠을 자라는 조언을 받았고, 증상을 키우면 위험해질 수도 있다고 주의를 주었기에 각별히 신경을 써서 많이 나아졌어요. 이때도 이런 증상의 이유로 평소 생활할 때 몸의 긴장과 에너지의 과도한 사용을 꼽았었어요.

심한 낯가림을 감추려고, 혹은 불편한 상황에서 이성을 놓지 않기 위해 스스로를 포장해가며 계속 긴장한 상태에서 주위의 눈치를 보며 에너지를 쏟다 보니, 혼자 있는 시간에 갑자기 맥이 탁 풀려버리는 그런 느낌이 있었어요. 그 와중에도 할 일이 남아 있거나 또 다른 자극으로 감정적 변화가 오면 급속으로 체력이 되돌아오는 듯했다가도 그 순간이 지나면 씻지도 못할 정도로 지쳐 뻗어버리고는 했습니다. 조금이라도 어릴 때야 이것들이 그냥 열심히 살아온 증거가 아닐까라는 생각을 해왔지만 지금은 살짝 생각이 달라지긴 했어요.

한참 피곤할 때는 설거지를 하다가 혹은 욕실 청소를 하다가 몸이 잘 움직이지 않고 자꾸 행동이 느려지는 경험도 하게 되었고, 심한 경우에는 내 몸이 내 마음대로 되지 않는다며 울어버리고는 했는데 이것이 체력에서 오는 문제라고 생각한 적이 있긴 해요.

하체부종과 하지정맥류 때문에 치료를 받고 있던 도중, 기회가 생겨 군대 체험 예능 프로그램에 나갔다가 다리가 움직이지 않아 곤욕을 치른 때에도 절실히 느꼈죠. 에너지를 좀 내고 싶어서 습관적으로 고카페인 에너지 음료를 많이 섭취한 기간도 있었는데 이때 과다한 복용으로 치아에 문제가 생기기도 했었어요.

남편은 제가 이 모든 문제들을 근본적으로 해결하기를 원했습니다. 한시도 쉬지 않고 무언가를 해야만 직성이 풀리는 저를 옆에서 지켜보는데, 하루가 다르게 점점 체력이 약해지는 게 느껴진다고 했어요. 체력이 뒷받침되지 않으니 몸이 따라주지 않아 더 예민하게 굴고 짜증을 많이 내는 것 같다고요.

운동을 아예 하지 않은 것은 아니었습니다. 군살이 좀 붙는다 싶으면 간단한 홈트와 식이요법으로 꾸준히 몸 관리를 해왔어요. 하지만 남편은 미용을 목적으로 한 운동이 아닌 체력과 근력을 기르는 운동을 해서 지구력을 좀 상승시키길 바랐고, 결국 길고 긴 설득 끝에 2년 만에 저를 헬스장에 등록시키기에 이르렀습니다.

굳이 운동으로 몸을 힘들게 혹사시키다 보면 오히려 체력이 더 떨어지고 성격이 더 날카로워지지는 않을까 걱정이었어요. 과거 PT를 받으면서 힘들어하다 보니 의욕도 떨어지고 몸도 계속 부어서 금세 포기한 기억이 있거든요. 필라테스나 요가에도 흥미를 오래가지지 못했었어요.

남편은 제가 쓰지 않던 근육을 사용하면서 몸이 힘들어지고, 친하지 않은 타인과 함께하는 시간에 대한 불편함 때문에 마음도 힘들어져서 재미를 느끼지 못한 것일 수도 있다면서 흥미가 느껴지는, 하고 싶은 운동을 검색해보고 유튜브 영상을 참고해보길 권했습니다.

처음 일주일간은 너무 하기 싫어서 쉬운 기구들에만 매달려 있거나 요가 매트에 누워서 뒹굴뒹굴하는 시간을 보냈었는데 꾸준히 많은 영상 자료들을 접하게 되면서 관심이 있는 동작이나 운동 루틴들이 슬슬 눈에 보이기 시작했어요.

체력을 기르기 위해 시작했기 때문에 일단 꾸준히 오래 하는 게 목표였습니다. 조금이라도 하기 싫거나 몸이 힘들면 바로 멈추고 스트레칭만이라도 했어요. 확실히 매일 아주 소량의 땀을 흘리는 것만으로도 새로운 에너지가 생겼습니다.

한참 재미를 붙이던 와중에 코로나바이러스가 터져버렸고 더 이상 헬스장에 갈 수 없게 되었어요. 덩달아 이사한 집 근처에는 헬스장이 없었습니다. 원래 운동을 하는 것을 그다지 좋아하지 않는 사람인 저로서는 홈트를 하면서 다시 마음을 잡는다는 게 쉬운 일은 아니에요.

하지만 느낀 점이 있습니다. 제 예민함과 날카로움의 일부분은 분명 체력의 고갈에서 오는 게 맞아요. 짧은 기간이었지만 남편을 따라 1년 동안 꾸준히 운동을 했을 때는 확실히 평소보다는 좋은 에너지가 나고는 했어요. 그 시기에 찍었던 사진만 보더라도 어느 정도 차이가 있더라고요. 안색이 다르고 몸의 탄력도 다르지만 무엇보다 얼굴과 표정에 생기가 돈다는 점이 달랐어요.

이후 감정적으로 힘들어져 생각과 고민을 많이 하게 된 것만으로도 체력은 금세 바닥이 났고, 힘이 없는 몸은 정신에까지 영향을 끼쳐 더욱 불안하고 우울해지는 듯합니다. 다시 운동을 시작하면 좀 나아질 수 있을까요?

행복하게 먹고
건강하게 자기

남편이 제시해준 다른 솔루션은 기분과 체력이 바닥까지 떨어졌다고 느낄 때 기분이 전환될 만한 음식을 섭취하거나 하던 일을 멈추고 자버리는 겁니다. 이것이 저에게 가장 빠르고 정확한 방법일 거라고 귀띔해주었습니다. 남편은 어떤 것을 먹고 어떻게 쉬느냐가 그 사람을 만드는 데 있어 엄청난 영향을 준다고 늘 얘기하고는 해요.

남편은 불규칙한 스케줄 때문에 매 끼니를 정확히 챙기지는 못하지만 적어도 각종 영양소를 잘 챙겨 먹으려 항상 노력해요. 닭 가슴살을 늘 구비해놓고, 이웃이 나누어준 텃밭에서 기른 싱싱한 야채를 섭취합니다. 그리고 꼭 마늘과 청

양고추를 챙겨 먹어요. 남편이 에너지를 책임지는 음식들이에요. 본인의 몸을 아주 잘 알고 있습니다.

그에 비해 저는 가리는 음식은 없지만 기분과 상황에 따라 먹는 양과 종류를 달리합니다. 기분이 우울해지면 자극적 음식을 많이 찾는 편이에요. 극단적으로 매워 속이 아플 만한 음식을 먹고 순간적인 혀와 입안의 자극으로 잠시 기분이 좋아졌다가 금세 속이 쓰려오면, 그 속쓰림을 즐기며 스트레스를 해소하고는 하는데 아주 좋지 못한 식습관이라며 잔소리를 많이 듣습니다.

속에도 좋지 않을뿐더러 많은 나트륨을 섭취하게 되어 몸에 부종을 가져와요. 몸이 부어 있으면 행동이 느려지고 무거워집니다. 고질적인 하체부종을 가지고 있는 저는 붓기가 심한 날에 하체의 심한 압통까지 느끼고는 합니다.

결론적으로 기분전환을 위해 자극적 음식을 섭취하는 것이 근본적으로 기분이 좋아지는 방법이 아니라는 거예요. 입맛이 없는 날은 과자로 끼니를 때우기도 합니다. 이 또한 잠깐의 해소일 뿐, 이상하게 과자를 먹으면 빠른 시간 안에 큰 피로감을 느끼고는 해요.

순간적으로 기분을 전환시키는 음식을 먹는 것도 방법은 방법이지만 장기적으로 볼 때 몸에 좋은 음식을 섭취해 좋은 에너지를 보충하는 방법이 훨씬 건강할 것 같긴 합니다. 체력이 많이 떨어져 기분과 감정에 영향을 끼칠 만큼이 된다고 느끼면 남편은 저를 데리고 외출해 오리 백숙이나 삼계탕, 가끔 장어를 사 먹입니다. 몸이 따듯해지고 원기가 회복될 만한 음식을 먹여 좋은 에너지를 충전시켜줄 요량으로요.

물론 남편도 가끔은 단기적 방법을 사용하기도 합니다. 함께 외출했을 때 제가 조금이라도 기운이 빠져 보이거나 지쳐 보이면 당분을 섭취할 수 있는 단 음식을 사주기도 하고 다툼이 있어 둘 사이에 분위기가 좋지 못한 날에는 치킨과 맥주를 사 와 함께 이런저런 대화를 곁들여 기분과 상황을 동시에 나아지게 만들기도 합니다. 먹는 음식에 따라 어느 정도 감정까지 조절된다는 사실을 오랜 관찰을 통해 알아낸 것 같습니다.

사실 저에게 음식보다 더 중요한 것은 잠입니다. 대부분의 사람이 비슷하겠지만 저는 특히 건강한 수면을 취한 날과 그렇지 못한 날의 컨디션이 너무나 극명하게 차이 나는 편이에요. 평소 잠이 많은 편이기도 해서 그동안 늘 카페인 음료 등으로 잠을 쫓아내고는 했었는데, 부득이한 경우를 제외하고는 잠을 참지 말고 일단 눈을 감아보는 건 어떻겠냐는 남편의 조언을 들었습니다.

물론 쉽지 않았어요. 한동안은 하루 종일 늘 무기력하고 졸린 상태인데도 자려고 눈을 감을 때마다 해야 할 일들이 생각나 다시 억지로 눈을 뜨고 반 수면 상태로 생활했던 것 같아요. 남편의 말로는 제가 잠이 쏟아져 오는 표정으로 잠을 참고 계속 다른 일을 하다 보면 금세 눈이 풀리고 초점이 흐려진다고 해요. 그 상태가 되면 모든 말을 날카롭게 던지고, 계속 의미 없는 질문들을 반복하면서 남편을 괴롭힌다고 합니다.

훗날 상담 센터에서 우울과 불안으로 인한 수면장애가 불면증이 아닌 무기력증과 과다수면장애로 발현된 것일 수도 있다는 얘기를 들었어요. 밤에 충분히 잠을 잤음에도 낮 시간에 계속 잠이 온다면 거부하지 말고 계속 잠을 잘 것을 권했습니다. 기분이 나아지고 피로가 완전히 풀릴 때까지 말이에요. 극도로 기분이 바닥인 순간에는 잠에서 깨어나는 것 자체가 두려워 일부러 계속 잠을 자기도 했어요. 악몽에 시달리고 끊임없이 가위에 눌리면서도 현실의 걱정과 불안에 마주하는 것보다는 나은 일이라 생각하기도 했습니다. 하지만 이 또한 올바른 수면습관은 아니에요. 내 몸과 컨디션에 적절한 수면시간과 형태를 관찰한 후 행복하고 편한 잠을 잘 수 있도록 노력해야겠습니다.

남편의 상담과 솔루션들을 들으며 생각보다 이 사람이 저에 대해 꼼꼼히 관찰하고 많이 고민하며, 최선을 다해 잘 맞추어 주고 있다고 느껴 큰 감동을 받았습니다. 아이에 대한 고민과 걱정을 털어놓았을 때도 부정적인 반응이 아니었어요. 지금 제가 겪고 있는 감정 변화들에 전부 공감을 해주지는 못하더라도 적극적으로 진심을 다해 들어주었고, 불안한 마음을 가지게 된 이유들을 함께 찾아주려 노력했으며 제 스스로를 돌아보는 과정 안에서 건강하게 치유되기를 진심으로 바라준 남편에게 정말 고맙습니다.

상담 선생님들과의 대화도 너무나 좋았지만, 이 일로 인해 남편과의 사이가 더 깊어지고 서로를 더 이해해줄 수 있는 계기가 된 것 같아서 이 시간이 참 소중합니다. 그동안 온전히 혼자 스스로를 지키기 위해 노력해온 나날이었다면, 이제는 생을 함께하기로 약속한 사람과 다시 인생의 2막을 써나가야 할 차례입니다. 알 수 없는 미래를 계획하고 상상하며 꿈꾸는 일은 늘 너무 불안하고 두렵지만, 그래도 남편과 함께라면 괜찮을 것 같습니다.

PART 4
아이보다

친절한 사람이 되는 걸
포기하기

　참고 견디고 아무렇지 않은 척 살다가 스스로를 완전히 망칠 상황이 올 것 같습니다. 제 자신을 적나라하게 마주하여 적지 않은 충격을 받기도 했지만, 인정하고 넘어갈 부분은 인정하고, 노력으로 바뀔 수 있는 부분은 바꾸어볼 생각에 걱정이 되면서도 살짝의 설렘이 공존합니다. 새롭게 마음을 정비하고 바꿔나갈, 미래의 제 모습을 기대하게 만드는 다짐들을 소개해볼까 합니다.

　저는 천성이 친절한 사람은 아닌 것 같아요. 누구나 그렇겠지만 일부분 이기적이고 개인적인 성향을 가지고 있잖아요. 나에 대한 다른 사람의 인식이 늘 좋기를 바라며 과도한 친절을 베풀고 항상 웃으며 지내지만, 사실 타인에게 친절한 일은 꽤 불편하고 번거로운 일이에요.

아, 물론 제가 여기서 말하는 친절은 예의와는 전혀 다른 개념입니다. 친절하지 않다고 해서 예의가 없는 사람이 되겠다는 것은 아니에요. 어떤 상황이 되든 사회적인, 도덕적인, 사람 상호 간의 예의는 지켜져야 한다고 생각합니다.

세대에 따라 이 예의에 대한 범주나 개념이 다를 수는 있지만 그건 개인적인 부분이니 차치하더라도, 응당 사람으로서 지켜야 할 기본적인 사항은 대부분 알고 있을 거라고 생각해요. 제가 얘기하는 친절은 좀 다른 개념이에요. 굳이 맞는 단어를 찾아 정의하자면 "오지랖" 정도가 될 것 같습니다.

나서지 않아도 될 일에 굳이 나서 일을 키우고, 앞으로 거의 볼일이 없는 사람과 굳이 친해지려고 노력을 하는 등 단순히 어떤 곳에서 어색함을 벗어나기 위한 수단, 혹은 좋은 사람으로 평가받기 위한 행동이에요. 진심에서 우러나오는 때도 있지만 대부분은 아닙니다. 습관적인 친절이 몸에 배어 있는 거예요.

많은 사람에게 친절하면 받는 사람들도 기분 좋고, 결국 모두에게 좋은 일이 아닌가 생각할 수도 있지만 문제는 제가 이곳에 신경을 쓰며 쏟는 에너지가 너무 크다는 것입니다. 기본적으로 저는 사람과 만나는 것을 별로 좋아하지 않아서 모든 약속과 만남이 일종의 스트레스와 압박인데, 자꾸 이 부분을 키워놓고 있는 거예요. 그러다 견디기 힘들어 잠수를 타게 되면 친절했던 사람이 변한 것이 되어버립니다.

이 습관이 중학교 시절부터 최근까지도 이어져 있어요. 스스로를 밝고 오지랖 넓은 좋은 사람으로 포장하여 인간관계를 잘못 쌓아놓고, 참다가 안 되겠으면 도망가고, 심할 땐 대인기피증에 시달리는 악순환의 반복입니다. 결국 전 친절한 사람이 아니라 앞뒤가 다른 가식적인 사람으로 스스로를 만들고 있는 거잖아요.

저는 이제 겉으로만 친절한 사람이 되기를 포기합니다. 저는 가식적이고 또 이기적이고 예민하며 불편해하는 게 아주 많은 사람이에요. 기본적으로 인사를 잘하고, 처음 보는 사람과도 잘 지내는 것처럼 보이지만 사실 그건 엄청나게 노력하고 있는 것이에요. 저는 정적을 좋아하고 혼자 있는 것을 좋아합니다.

앞으로는 진정한 호감이 있는 사람에게만 마음을 전하고 그때만큼은 그 사람에게 진심으로 대하겠습니다. 낯가리는 사람이 될지언정 그조차도 제 마음이 진심이라면 최대한 사람을 가리고, 불편한 것들이 많을 곳은 피할 것입니다. 마음이 내키지 않아 가고 싶지 않은 약속 자체를 잡지 않을 것이며, 누군가가 먼저 손을 내밀어주었을 때도 내 마음의 여부에 따라 문을 걸어 잠그든 활짝 열어주든 태도를 확실히 하겠습니다. 괜히 어쭙잖게 살짝만 열어둔 문을 통과하려다가 그 문이 갑자기 닫힐 때, 누군가가 상처를 받을 수도 있으니까요.

다른 사람의 시선과 평가에 신경 끄기

'미움받기 싫어. 그러기 위해 좋은 사람이 되어야지. 그래서 절대 미움받지 말아야지.' 어릴 때부터 뿌리박힌 저의 이 다짐은 스스로를 이도 저도 아닌 사람으로 만들었어요. 어린 시절 어떤 트라우마가 있었는지는 잘 모르겠어요.

유치원 때인지 초등학생 때인지 그게 정확히 기억이 안 나긴 하는데 분명 교우관계에서 문제가 있었던 것 같기는 해요. 알 수 없는 이유로 친구들에게 미움을 받던 시절이 있었어요. 그게 시발점이 되었는지 저는 정말 너무 유난하게도 다른 사람의 시선을 신경 쓰고, 미움을 받지 않기 위해 겉으로나마 좋은 사람인 척해 비난과 나쁜 평가를 피해가기 위해 안달합니다.

가장 부러운 사람들 중 한 부류가 남들 눈치 안 보는 사람이에요. 물론 상황에 따라 이런 성향을 가진 사람들이 무례하거나 예의가 없어 보일 수도 있겠지만, 대부분 표현에 자유롭고 자신의 목소리를 높이는 데 거리낌이 없습니다. 그런 사람이 돼본 적이 없어서 장담할 수는 없겠지만 스트레스도 적어 보여요.

남들의 평가에 계속 신경 쓰며 마음이 치우치다 보니 제 자신이 계속 없어졌어요. 직업이 생기고는 더 했습니다. 수많은 칭찬보다 한 마디 악플에 훨씬 더 신경이 쓰이고, 책을 읽으면서도 인생에 꼭 필요한 조언보다도 싫은 소리를 듣지 않기 위한 방법적 조언이 더 와 닿았어요. 나의 성격도, 나의 취향도 타인이 보았을 때 좋아 보일 만한 걸로 골라 끼워 맞추고 내 생각도, 내 의견도 남들과 적당히 어울려 지낼 수 있을 만큼 튀지 않게 맞춰왔습니다.

오랜만에 아이에 대한 얘기로 돌아가 볼까요? 사실 누군가가 저에게 아이에 대한 질문을 했을 때 제 마음에 있는 그대로 대답을 하면 되는 거였어요. "아직은 생각이 없습니다." 하지만 대답을 하기도 전에 뒤에 따라올 물음과 시선들이 걱정되었습니다.

몇 가지 예를 들어볼까요? "몇 살이지?" "나이 생각도 해야지.” “그럼 언제쯤 낳으려고?” “빨리 낳는 게 좋아.” “아니 결혼을 해놓고 아이 생각을 안 하면 어떻게 해?” “요즘 애들은 생각이 참······.” “아이가 생기면 가정의 행복이 2배가 돼.” “엄마가 한 살이라도 어릴 때 아이를 낳아야 아이가 똑똑해진대.” “너무 일 욕심 부리는 것 아니야?” “남편하고 사이는 좋은 거지?” 가장 심각했던 반응은요. “저출산 시대에 사회에 도움이 되어야지 너무 이기적인 것 아냐?”

분명 이 중에는 비난하려는 목적이 아닌 호의와 걱정이 담긴 물음도 있었습니다만, 정작 이 순간에도 아이에 대한 제 마음의 대답보다는 '어떻게 대답해야 좋은 대답일까, 내가 이상한 사람으로 보이지 않을까'를 먼저 고민하는 제 모습을 보고는 더 이상 이렇게 살고 싶지가 않아졌어요.

그동안 미움을 받기 싫어서라도 대세에 따르고 지킬 것은 지키며 진짜 나는 숨기고 살아왔는데 이 때문에 스트레스가 극에 달해 무너져버리고 말다 보니 한순간에 깨달음이 오더라고요. 이게 다 무슨 소용인가 싶어요. 내 인생인데 다른 사람의 시선과 평가가 뭐가 그리 중요한가요? 왜 내 마음속의 소리가 아닌 다른 사람의 소리를 신경 쓰느라 늘 불안감과 초조함을 안고 살아야 하나요. 의견이 다르고 생각이 달라서 욕 좀 먹고 비난을 받으면 또 어떠한가요. 저를 평가하고 비난하는 모든 사람들은 저에게 그냥 타인일 뿐입니다. 그 타인에게도 저는 그냥 타인일 뿐인걸요.

다짐을 한 김에 이제 솔직한 대답을 해볼까요? 저는 지금은 아이를 가지고 싶지 않습니다. 제 감정과 삶이 불안하여 아이를 낳는다 하더라도 잘 키울 자신이 없어요. 우선은 제 자신부터 좀 돌볼게요. 그리고 우리 가족에 대한 계획은 우리끼리 알아서 할게요.

네, 모든 사람이 다 다르듯이 저도 다른 사람이고 다른 성향, 다른 감정을 가지고 살아가고 있어요. 전 이 세상의 모든 다름을 존중하고 인정합니다. 자신과 다르다는 이유로 자신만의 잣대로, 함부로 타인을 평가하거나 비난하는 사람의 목소리에 앞으로는 과감히 귀를 닫겠습니다. 저는 남들에게 피해 주지 않는 선에서 제가 알아서 살겠습니다. 제 자신이 인정하고 만족할 만한 좋은 사람, 그리고 누군가에게, 사회에 도움이 되는 사람으로 살겠습니다. 아, 저출산 시대에 도움이 되는 사람은 아닐 수도 있겠지만요.

거절하는 법
연습하기

    저는 핸드폰 없이는 살기 힘들어할 만큼 핸드폰의 편의를 많이 누리고 사는 사람이지만, 막상 핸드폰이 만들어진 목적인 전화나 문자는 잘 사용하지도 좋아하지도 않는 편입니다. 주기적으로 대화를 나누는 가족과 몇 친구를 제외하고는 누군가에게 연락이 오는 자체가 좀 불편해요.

    굳이 통화할 일이 아니면 대화 메신저가 훨씬 편하고, 꼭 필요한 연락이 아니면 먼저 하지는 않아요. 물론 사람과의 사이에서 가끔 안부를 묻고 마음을 전할 수 있는 것이 통신 수단의 장점이겠지만, 너무 무분별하고 잦은 사용으로 소통 과다가 되는 단점도 분명 있는 것 같습니다.

연락을 안 한 지 오래되어서 소식이 궁금한 친구에게 오는 안부 연락은 감정적으로 그리움과 애틋함을 줘요. 몇 마디를 나눈 것만으로 충분히 마음이 채워집니다. 그것으로 채워지지 않는 부분이 있다면 훗날 잠깐 만남을 기약하는 것도 좋지요. 하지만 이유, 의도, 의미가 모조리 상실된 연락들은 들리지 않는 소음에 가깝다는 생각이 들기도 해요. 친한 사이가 아닌데도 심심해서, 혹은 그냥 했다는 모든 연락들에 저는 무례함뿐만 아니라 불쾌감까지 느껴져요. 저는 할 말이 없는데 대화와 답장을 강요당하기도 하죠.

누군가와 통화를 하고 답장을 하는 시간마저도 내 시간을 빼앗기는 느낌인데, 이게 어떻게 아무렇지 않을 수 있는 건지 궁금하기도 합니다. 이건 사람마다 성향이 너무 다르기 때문이겠죠. 제가 이런 성향이라 그런지 저는 상대방에게 의도 없이 연락을 잘 안 하게 되고, 통화가 필요할 때는 전화를 받을 수 있는 상황인지 문자로 먼저 확인을 하고 전화를 겁니다.

사실 정말 친한 친구들은 시시때때로 별 연락을 하지 않더라도 그냥 친구잖아요. 오랜만에 봐도 어제 본 것처럼 대화를 하고, 그동안 있었던 일들에 대한 이야기를 나눕니다. 매시간 일거수일투족을 나누지 않아도 그들은 저에게 진정한 친구예요.

받기 싫은 전화를 받지 않고, 하기 싫은 답장을 하지 않는 방법도 있겠지요. 하지만 문제는 제가 이런 것조차 거절을 잘 하지 못한다는 것입니다. 바쁘거나 할 일이 쌓여 있어도 전화벨이 울리면 혹시나 급한 일은 아닐까 하는 걱정에 전화를 받아요.

통화 중 별일이 아니라는 것을 알았을 때도 바쁘니까 나중에 통화하자는 말을 잘 못해요. 상대방은 내 생각이 나서 전화를 해온 것일 텐데 그 사람이 조금이라도 상처받거나 서운함을 느낄까 봐 불필요한 시간을 할애합니다.

문자나 메신저도 마찬가지예요. 설명이 필요 없을 만큼 친한 사이라면 답장을 바로 하지 않더라도 서로 바쁘겠거니 사정이 있겠거니 하면서 기분 나쁘지 않게 넘길 수 있겠지만, 친하지 않은 사이인 경우 꼭 답장을 하느라 정신이 없어집니다. 상대방이 무시당했다는 느낌을 받을까 봐 무섭거든요.

이 작은 기계가 일방적으로 요구하는 수신도 거절하기 힘들어하는데 일상생활에서는 오죽하겠습니까. 일반적 약속은 물론이거니와 금전적인 부탁이라든지 쉽게 응하기 어려운 사항들에도 마음을 쓰고 전전긍긍해요.

그 부탁을 한 사람이 오히려 무례하고 예의가 없는 경우라 할지라도 입에서 안 되겠다는 말이 쉽게 안 나와요. 어찌할 바를 몰라 최대한 대답을 미루다가 오히려 상대에게 원성을 듣기도 하고 그때마다 화가 나기도 하지만 결국 제대로 된 거절을 하지 못한 제 탓을 합니다.

이럴 때도 상대방이 얼마나 간절하면 부탁을 해올까 걱정을 하기도 하고 제 거절에 상처를 받아 저를 미워하거나 안 좋게 생각할까 봐 불안해하기도 해요. 그럴 바에야 내가 손해를 좀 보더라도 부탁을 들어주는 게 맞지 않을까 하는 생각을 하게 됩니다. 미움받는 것보다는 이 편이 낫지 않을까 싶어서요.

지금은 소속사가 있어서 일적인 부분은 대신 거절을 해주기도 하고, 곤란할 때는 저 대신 방패가 되어주고는 합니다만 그것도 마음이 편한 일은 아니에요. 정말 큰 무리가 올 것 같아서 거절을 해야 하는 일일 경우 과할 정도로 사죄하는 마음을 표현하고 그 외에 다른 부탁을 들어준다거나, 메신저로 커피 쿠폰이나 작은 선물이라도 보내야 마음이 놓여요. 이것들이 정말 오로지 선의에서 나오는 행동들이라면 이토록 자책감과 스트레스를 받지 않겠지만 때로는 더 이상 나에게 거절을 해야 할 빌미를 만들지 말아 달라는 함의를 담고 있기 때문에 마음이 무겁기도 합니다.

제가 누군가에게 어떠한 요청이나 부탁을 하고 거절을 당했을 때 기분이 나쁘지 않았던 순간들을 떠올려봅니다. 대부분 정중하고 솔직한 거절에는, 오히려 무리한 부탁이었을까 봐 미안해지는 것은 제 쪽이었어요. 더 이상 이런 사소한 문제들로 피곤하게 살지 않기를 다짐해봅니다.

거절을 잘 할 수 있는 사람이 되겠습니다. 거절을 하는 내가 미안해야 할 이유가 있을까요? 무리한 부탁을 하고 입에서 나오기 힘든 거절을 하게 만들어서 불편한 마음을 들게 한 상대방이 오히려 미안해해야 하는걸요. 더 이상 이런 것들로 인해 스트레스를 받거나 마음을 쓰지 않겠습니다. 미움받을 것이 두려워 굳이 신경을 쓰지 않아도 될 일에 제 에너지와 감정을 써가며 힘들어할 이유가 전혀 없잖아요.

제 정중하고 솔직한 거절에 도리어 화를 내거나 불쾌해 하는 사람이 있다면 이번 계기로 필요 없는 관계를 하나를 줄였다고 생각하고 홀가분해 하겠습니다. 잘⋯⋯ 할 수 있겠죠?

모든 일의 주체를
나로 바꿔보기

"당신은 당신의 인생의 주인공으로 살고 있나요?" 전화 상담 중 고민이 무엇인지에 이은 두 번째 질문이었습니다. 이 질문에 저는 바로 대답을 하지 못했습니다. 처음에는 우문이라고 느꼈어요. 하지만 정답이 정해져 있는 당연한 질문이라고 생각하면서도 동시에 이 질문에 의도가 무엇일지 궁금했습니다.

사전적 의미의 주인공은 1. 이야기에서 사건의 중심이 되는 인물, 2. 어떤 일에서 중심이 되거나 주도적인 역할을 하는 사람입니다. 나는 내 인생에서 온전히 내가 중심적으로 주도적인 역할을 하고 있는 걸까요? 바로 대답을 할 수 없던 걸 보니 확신이 없었나 봅니다.

네. 물론 저는 제 인생을 책임지고 저의 이야기를 풀어나가는 주인공이 맞습니다. 하지만 지금 제 삶을 영화라 치고 제3자의 입장에서 이 이야기를 들여다본다면 재미없고 답답해서 금방 꺼버렸을 것 같아요. 적어도 현재의 제 인생의 주인공은 제 역할을 잃어버린 채 표류하고 있는 것 같습니다. 전반적으로 기본적인 생각과 행동 자체가 다른 사람에게 맞추어져 있어요. 내가 하는 모든 말과 행동들이 내가 행복해지기 위해, 오롯이 나를 위해 주체적으로 하는 행동이라기보단 다른 사람에게 어떻게 보일지가 먼저인 것 같거든요.

그렇다면 지금 저는 현실에 충실해서 지금의 장면을 잘 꾸려가고 있을까요? 그것도 아니에요. 미래의 불안감 때문에 지금을 온전히 누리지 못하고 있어요. 목표를 세우고 달리는 삶을 살아오다 보니 현재를 즐기지 못하고 있다는 것을 이미 예전에도 한번 느낀 적이 있었습니다.

그래서 좌우명을 "오늘을 즐겨라"로 정해놓고 스스로를 바꿔보려 노력했었어요. 성인이 된 후 타투가 하고 싶었으나 배우로서 몸에 무언가를 새겨 넣는다는 일 자체가 올바르지 못한 행동이라고 생각하여 미뤄왔었어요. 혹시 사극을 하게 되거나 타투가 어울리지 않는 배역이 맡겨질 때 문제가 될까 봐 걱정하여 늘 마음만 가지고 있었는데, 이때 '내가 하고 싶은 일은 하고 살자'는 강한 마음을 먹고 가장 먼저 했던 일이 타투예요. "Seize the daY" 지금 살고 있는 이 순간에 충실하라는 뜻이에요. 맨 앞 글자와 맨 끝 글자가 S, Y여서 제 이름의 이니셜과 같아 더 의미도 있다고 생각했습니다. 이마저도 최대한 안 보이는 곳에 해야겠다고 생각하여 왼쪽 발등 가장자리로 자리 잡았습니다만 그래도 큰 발전이라고 생각했습니다.

처음 이 다짐을 한 지 벌써 8년 정도 시간이 흘렀고 제 발등의 타투는 흐려졌습니다. 제 마음도 세월과 같이 흐려졌나 봅니다. 흘러가는 시간은 잡을 수 없고 제 인생에서 단 한순간일 지금입니다. 지금을 제대로 누리지 못하면서 어떻게 좋은 미래를 기대할 수 있을까요? 지나간 세월을 돌이켜보기보다, 미래를 위해 미리 대비를 하기보다, 지금 이 순간 현재의 나를 더 단단하게 만들고 오늘의 나를 만족시키는 삶을 살다 보면 불완전한 미래와 내 삶에 대한 불안감을 차츰 줄여나갈 수 있지 않을까 기대해봅니다.

제가 꿈꾸는 주인공은 화려한 이야기 속의 중심인물도 아니고, 어디서나 반짝이고 빛나는 별 같은 존재도 아닙니다. 자극적이고 흥미로운 이야기는 아닐지라도 소소하고 잔잔한 이야기 속에서 주인공과 주변 인물들이 모두 평온하고 행복했으면 좋겠어요. 가끔 위기가 찾아오고 주변에 의해 흔들리고 마음이 힘든 일도 무수히 겪어야 하겠죠. 하지만 이 이야기를 따뜻하고 행복하게 이끌어나가는 주인공은 다름 아닌 나 자신이라는 것을 늘 유념하고 나를 중심으로, 나를 위해 지금 이 순간을 충실히 살아가야겠습니다.

불편한 것들을
표현하기

혼자 생각하는 시간이 점점 많아져서인지 숨겨놓았던 예민함을 드러내려고 마음먹어서인지, 무엇 때문인지 잘은 모르겠지만 불편하게 느껴지는 것들이 너무 많아졌습니다. 부정적인 성향이 커져서 그런 건가 싶어서 어떻게든 좋게 생각해보려고 노력했지만 생각을 바꾸는 것만으로 근본적인 문제가 해결되지는 않았습니다.

인간관계에서든 사회생활에서든 같은 공동체 안에 있는 사람들이나 혹은 친한 지인들 사이에도 모두의 의견은 존중되어야 한다고 생각하기 때문에 눈과 귀를 열어놓고 생활하지만, 비상식적이라든지 도덕적 규범에서 벗어난 사람들을 볼 때 분노가 차올라요.

예를 들면 차별적이거나 비하적 발언으로 누군가를 몰아세운다든지, 한 명의 이기적인 행동으로 모두가 불만을 가시고 있지만 그 누구도 표현을 하고 있지 못한다든지, 공공장소에서 여럿에게 피해를 주는 행위를 하면서 본인은 인지하지 못하는 사람을 본다든지 여러 가지 경우가 있죠. 쉽게 말하면 불의한 상황 말입니다.

소심한 마음에 말을 못 하고 그냥 못 들은 척 넘기거나 자리를 피해버리지만 집으로 돌아오는 순간 고민에 휩싸입니다. 그 사람의 발언을 듣고 아무 반론도 제기하지 않은 상황이 긍정이나 동조의 침묵으로 느껴지지는 않았을까? 분란을 만들지 않기 위해서라는 핑계는 과연 스스로에게 떳떳한 모습일까? 안 볼 수 있는 사이라면 편하겠지만 앞으로 계속 얼굴을 마주해야 할 사이라면 말 못 하고 계속 스트레스와 화가 쌓여갈 텐데 과연 나는 버틸 수 있을 것인가. 물론 지금까지는 모른 척, 못 들은 척 잘 버텨왔습니다.

하지만 감정이 예민해질수록 이 불의들을 보기가 너무 힘들어집니다. 피할 수 없는 상황에서는 이어폰을 낀다거나 눈을 감아버릴 수 없잖아요. 스트레스를 많이 받은 날에는 집에 와서 끙끙 앓는다거나 악몽을 꾸기도 합니다. 남편은 해야 할 말은 하고 살아야 한다는 주의입니다. 참다가 오히려 극도의 분노가 치밀어 오르는 상황에서는 감정적으로 격해져 싸움으로 번질 수 있기 때문에 사전에 이런 상황을 미리 차단할 수 있도록 말이에요.

한두 번 정도는 실수일 수 있으니 이해를 해야겠지만 반복될 경우 그건 더 이상 실수가 아닌 실례이기 때문에 감정은 최대한 빼고 자신의 의견을 말하는 게 좋을 것 같다고 했습니다. 아, 물론 그 상대에게 애정이 있다거나 혹은 너무 거슬려 내 감정에 무리가 올 것 같다는 전제하예요.

감정적으로 격해지고 스트레스가 쌓여서 폭발할 지경이 되기 전에 큰 용기를 내어 제 불편한 감정을 표현해보기로 했습니다. 물론 상대방이 민망해하지 않을 상황에서 최대한 정중하고 예의 바르게요.

한번은 친구와의 대화 중 너무 듣기 힘든 단어들이 섞여 나왔을 때 용기를 내보았어요. 지금 네가 하는 말들이 어떤 누군가에게는 모멸감을 주거나 상처를 줄 수도 있을 것 같다고요. 다행히 친구는 몰랐다며 미안하다고, 알려주어 고맙다고 좋게 받아들여 주었습니다. 그 친구는 최근에 다른 친구에게도 한 번 더 이 얘기를 들었다면서 말을 조심해서 하겠다는 다짐을 들려주었어요. 진심을 담아 조심스럽게 건넨 저의 불편한 말들이 친구에게 긍정적으로 작용한 것 같아서 제가 고맙고 기분이 좋아졌습니다. 이제 그 친구와의 대화는 전혀 불편함이 없어요.

이런 일상생활 속에서의 불편함을 제외하고도 흔히 "불만"이라고 할 수 있는 것들에 대해서도 그동안 입을 닫고 살아왔어요. 이 역시 서로 불편해지는 분위기를 견디기 힘들어서예요. 쉽게 들 수 있는 예는 아무래도 회사에 대한 얘기일 것 같아요. 서로 약속했던 사항들이 지켜지지 않거나 의견이 다를 때, 저는 전혀 대화를 시도하지 못했습니다. 불만이 쌓이고 쌓여 혼자만 터져버리는 상황들이 발생하곤 합니다.

그러다 재계약 얘기가 나올 때쯤 회사를 옮기겠다는 말을 하면 반응이 다 비슷했어요. 불만 한번 얘기한 적 없이 잘 지냈는데 갑자기 왜 그런 생각을 했냐고 묻는 질문에 그제야 그동안 쌓아왔던 모든 마음을 털어놓습니다. 이럴 때는 대부분 감정적이 되어 울면서 토로하기도 하는데, 몰라줘서 미안하다고 대화가 부족했다고 하는 회사도 있었고, 뒤에선 그런 생각을 하고 있었냐며 뒤통수를 맞은 기분이라고 하는 회사도 있었어요. 그럴 때마다 마음속에 쌓아두는 감정 없이 그때그때 대화로 풀어야겠다고 다짐하면서도 사실 잘 되지는 않아요.

친구 사이에서도 마찬가지입니다. 친구의 행동이 기분이 좋지 않았다던가 미묘하게 감정적으로 빈정이 상할 때, 대화로 충분히 풀 수 있는 상황임에도 혼자 속으로 쌓고 넘어가다가 나중에라도 그에 관련된 이야기가 나오면 속 좁게 마음에 담아둔 사람이 된 것 같아서 부끄러워지기도 해요.

물론 남편에게도 마찬가지입니다. 가장 가까운 사람이라 그때그때 불만을 일일이 얘기하지는 않지만 저도 모르게 행동이나 말투로 표현이 되나 봐요. 눈치를 채고 먼저 물어봐주는 경우가 대부분이지만 꼭꼭 쌓아두고 힘들어하다가 나중이 돼서야 눈물과 함께 감정을 폭발시키기도 해요. 말을 하지 않으면 모른다고, 대화와 소통을 더 많이 하자는 약속으로 늘 잘 넘어가고는 합니다만 그때마다 왜 나는 이렇게 소심한 걸까 자책하고는 해요.

사람의 감정이란 어디로 튈지 몰라서 어떤 불편함과 불만도 그날의 분위기, 그날의 감정에 따라 다르게 다가올지도 모릅니다. 하지만 여러 번 생각하고 고민해보았는데도 분노나 화가 쌓일 정도로 불편하게 다가온다면 할 말은 하고 넘어가는 사람이 되고 싶어요. 무작정 피한다고 해결될 문제도 아닐뿐더러 방관자로도, 마음에 늘 담아두는 소심한 사람으로도 살고 싶지 않습니다.

모든 일에 할 말을 다 하고 사는 것도 좋아 보이지는 않지만, 적어도 저의 정신건강에 혹은 모두에게 불편함을 주는 그 어떤 것들에 대해서는 객관화 과정을 거친 후에 감정을 뺀 정중한 어투로 풀어내고, 불만은 내 안에서 커지지 않을 정도로 표현하여 건강한 소통을 하겠습니다. 또한 부당한 것들에 대해서 목소리를 낼 수 있는 사람이 되기 위해선 나 스스로가 당당한 사람이 되어야 한다는 생각으로 나 자신을 잘 지켜나가야겠죠.

마음의 물길을
따라가기

　남편은 저를 억지로 힘겹게 물길을 파서 인공적으로 흐르는 사람 같다고 표현했습니다. 이 말이 굉장히 기억에 남아요. 어느 한곳에 고여 있기는 싫어하면서도 흐르는 대로 가만히 놔두기도 싫어서 가고 싶은 쪽으로 계속 물길을 파낸다고요. 어느 정도는 스스로 괜한 스트레스를 만들어내는 저의 행동과 걱정들에 대한 비판적인 이야기였을지도 모르지만 저는 남편의 이야기가 마음에 들었습니다.

　고여 있는 물은 언젠가 썩어요. 남편의 말대로 저는 고여 있는 사람이 되고 싶지 않아 늘 공부하고 생각합니다. 유행이나 트렌드를 쫓아가는 게 아니라 생각의 흐름과 사상적인 측면에서 뒤처지고 싶지 않아요. 우리가 우리 전 세대를 보고 자라면서 본받고 싶은 훌륭한 어른도 만나지만 자신만의 생각과 틀에 갇혀 살고, 과거를 추억하며 그때만 옳다고 느끼는 "나 때는" 어른들도 많이 보게 되잖아요. 저는 후자가 되고 싶지 않습니다만 어쩔 수 없이 가끔 저도 모르게 튀어나올 때가 있어요. 그럴 때마다 깜짝 놀라 제 자신을 돌아보고 다시 새로운 마음으로 책과 글을 찾아 읽습니다.

연기에 대한 부분도 마찬가지예요. 신인 시절 교육받고 배워오던 연기의 방법이나 감정 표현들이 이제는 옛날 연기라고 불리기도 한다는 이야기를 듣고 충격을 받았던 기억이 납니다. 아무래도 예전에 비해 상대적으로 매체도 많아지고 장르도 다양해지다 보니 정답이 있는 것처럼 느껴지던 것들의 표현 방법이 더 많아지고, 다르게 해석될 수 있는 여지가 커졌어요.

촬영, 편집 기법들이 늘어나고 화려해지면서 시너지를 낼 수 있는 부분이 많아졌고, 전형적 캐릭터도 새로운 아이디어와 방향으로 개성 있게 만들어낼 수 있어요. 관객, 시청자 분들도 이에 대해 거부감 없이 받아들이고 좋아해주십니다. 이 일은 저에게는 정말 재미있고 흥미로운 작업이지만 가끔은 계속해서 변화하라고 스스로를 압박하는 숙제가 되기도 합니다.

때로는 누구나 가는 방향으로 흐르고 싶지 않아 굳이 힘들게 삽을 들고는 합니다. 인생에서 새로운 물길을 낸 일들이 많지는 않지만, 마음의 결심이 확실히 서 있다면 그 누가 말려도 제 고집대로 길을 만들어내려고 하는 것 같아요. 그러다 큰 바위를 만나 포기할 때도 있고, 다시 방향을 바꿔 굳이 곧게 흘러갈 수 있는 일들을 복잡하게 꼬아버리기도 합니다만 그 과정에서 보고 배우는 것도 많고 결과적으로 나중에 큰 물줄기와 다시 합류하면 된다고 생각하는 편이에요.

하지만 그 과정에서의 스트레스와 압박에 대해서는 간과하다가 감정적으로 견디지 못하면 손을 놔버릴 때가 많습니다. 그러다 보니 그 새롭게 낸 물줄기에 많은 것들이 고여서 썩어버리게 되는 거죠. 가끔은 넘쳐 흘러버리기도 하고 터져버리기도 해서 스스로 감당을 못 할 일을 만들어요.

스스로에게 해결하지 못할 과도한 숙제를 내주고, 그 과정에서 스트레스와 정신적 압박을 받아 견뎌내기 힘들어하는 제 모습을 보고 남편은 물길로 비유한 표현을 해준 것이겠죠. 이 표현으로 인해 저는 많은 걸 느꼈습니다. 지금 이렇게 감정적으로 요동치는 것이 힘들어서 다 놓고 싶으면서도 이런 것들이 지금의 저를 만들어가는 또 다른 에너지가 아닌가 싶었습니다.

사실 저는 어느 정도의 스트레스와 압박으로 인해 예민해지는 제 자신의 모습을 좋아하는 걸지도 모르겠어요. 그 날카로움과 예민한 감정이 저를 발전시키는 게 아닐까 생각하기도 해요. 굳이 스트레스를 받아가며 계속 이렇게 다른 방향을 찾아내려고 하는 것에는 이유가 있지 않을까요? 왜 이렇게 피곤하게 살고 있는지 도저히 이유를 찾지 못하겠다면, 다르게 생각해봐야 할 것 같아요. 이렇게 살아야만 제가 만들어지는 게 아닐까요?

흘러가는 방향이 마음에 들지 않으면 길을 바꾸면 돼요. 자연스럽게 나 있는 길이 아니라 굳이 인공적으로 낸 물길일지라도 내가 원하면 잠시 천천히 흐르는 큰 호수를 만들 수도 있고, 빨리 지나가고 싶은 곳은 급류가 흐를 만큼 좁게 길을 파낼 수도 있겠지요. 잘만 만들어나가면 보기만 해도 시원한 폭포를 만들어낼 수도 있고, 생각지도 못했던 새로운 물줄기와 합류할 수도 있어요. 지금의 남편을 만난 것처럼요.

가보고 싶은 길이 있다면 목표 지점까지 많이 돌고 오래 걸릴지라도 다른 사람의 눈치를 보지 않고 가고자 하는 방향으로 천천히 혹은 빠르게 내가 원하는 대로 자유자재로 흐르고 싶어요.

물론 그 과정에서 지금처럼 적정선을 유지하지 못하고 폭발해버리는 일이 생길 수도 있겠지요. 하지만 이 또한 저의 물길을 만들어나가는 과정이라고 생각하고 견디겠습니다.
이 또한 배움일 거예요. 앞으로는 고이거나 썩거나, 터져버
리지 않도록 균형을 잘 유지해 또다시 새로운 길을 내어가면
되는 거겠죠.

부정적 생각이 들 때 쓰는
노트 만들기

이번 일을 계기로 제 삶에는 작고 다양하고 많은 변화가 있었습니다. 늘 마음이 불안하고 초조한 원인에 대해 들여다볼 수 있었고, 대화가 없던 저의 내면과도 충분히 대화를 나눌 수 있었습니다. 평소 내가 하는 말과 행동들이 어디에서 비롯된 것들인지 생각해볼 수 있었고, 바꾸고 싶어 하는 내 모습이 어떤 것들인지에 대해 객관적으로 지켜볼 수 있는 계기가 되었습니다.

저는 사실 제 자신을 많이 사랑하고 아끼지만 타인의 시선에 너무 많은 신경을 쓰는 바람에 진짜 내 감정이 어떤지 주의 깊게 관찰하지 않았고, 타인의 평가가 두려워서 제가 하고 싶은 일들과 말들에 대해 숨기고 살았습니다. 그에 따라 정작 나의 마음과 상태를 보살피지 않고 방치했었으나, 이제야 저의 마음의 소리에 귀를 기울이고 앞으로의 삶을 어떻게 만들어나갈 것인지에 대한 솔직한 고민을 할 수 있게 되었습니다.

감추고 싶었던 나의 예민함은 사실 지금의 나를 있게 하는 원동력일지도 모르고, 과하다 싶은 걱정과 불안은 실수와 실패의 확률을 낮추는 재료로 쓰이기도 했습니다. 그럼에도 불구하고 현재 이렇게 감정적으로 힘들고 지친 이유에는 걱정과 불안을 조절하지 못하고 과해져 버린 부정적인 생각 때문이었습니다.

제 부정적 성향은 스스로 인지하면서도 바꾸고 싶어 하는 부분 중 하나이기 때문에 어느 정도 노력을 기울이기로 마음먹었고, 그러기 위해선 그 부정적인 생각의 꼬리를 물고 관찰하면서 어떻게 감정적으로 변화를 일으키는지 깊은 연구를 해봐야겠다고 생각했어요.

그래서 저는 부정적 생각 노트를 만들었습니다. 제가 가지고 있는 생각의 방향이 어떻게 부정적으로 흐르는지에 대해 몇 가지의 예를 들어 들여다보겠습니다.

우선 일적인 부분이 있습니다. 한 작품의 캐릭터를 맡아 연기할 때 카메라 앞에서만큼은 긴장을 하지 않고 대범한 편입니다. 현장에서도 작품을 같이 만드는 많은 사람들과 잘 지내고, 그 과정에서 행복과 성취감을 느낍니다.

제 걱정은 집에 돌아와서부터 시작됩니다. 가령 제가 연기한 어떤 장면에 대해 스스로 만족하지 못했을 때, 감독님이 OK 사인을 주시면 그것이 제 마음에 차지 않더라도 일단 넘어가는 편이에요. 한 번 더 해보겠다고 욕심을 부릴 시 촬영 시간은 늘어나고 스태프 분들이 저 때문에 또다시 에너지를 소비해야 하기 때문에 아쉬워도 넘어갑니다.

한참 뒤에야 걱정이 꼬리를 물기 시작합니다. '내가 해석한 캐릭터가 이번 연기로 인해 망가지지는 않을까?' '대본상의 오류가 있는데도 일단 작가님이 쓰신 의도가 있을 테니 문제점을 제기하지 않고 넘어갔는데, 혹시 이것이 나중에 문제가 되지는 않을까?' '그래서 연기가 어색해 보인다거나 연기를 못하는 배우처럼 보여서 작품에 영향을 끼치진 않을까?' '그러다 앞으로 나를 아무도 찾아주지 않으면 어쩌지?'

매체 인터뷰를 하거나 다른 사람과의 대화 도중 말실수를 했다거나 나의 의도와 다르게 전달이 되었을 때도 바로 바로 잡지 못하고 전전긍긍하는 경우가 있습니다. '내 말이 과연 의도한 의미대로 전달이 되었을까?' '혹시나 누군가 상처를 받거나 불쾌감을 느꼈으면 어쩌지?' '그래서 그 발언 하나로 나에 대해 안 좋게 생각하거나 지레 평가를 내려버려 편견이 자리 잡히면 어쩌지?' '지금이라도 해명을 하거나 피드백을 하는 게 좋을까?' '그냥 넘어갈 수 있는 작은 문제를 더 크게 만드는 것은 아닐까?' '혹시 나중에라도 다시 회자되어 다시 문제가 제기되지는 않을까?' '그래서 내가 사랑하는 일에까지 영향을 미치거나 주변 사람들이 피해를 보면 난 어떻게 하지?'

또 다른 예를 들어볼까요? 양평으로 이사하게 되면서 교통으로 인한 약간의 불편함이 생겼습니다. 지하철역까지 가는 버스의 시간이 한정적이라 대중교통을 이용하기가 어렵고, 차가 한 대이기 때문에 연습 일정이 있는 남편이 대부분 이용하는 편이라 저는 집에 있는 시간이 많아요. 중고차를 하나 장만해야 하지 않나 하는 생각이 들었습니다.

이때부터 저의 고민은 시작됩니다. '이동 거리가 기니까 기름값을 생각해서 중고 디젤차를 알아봐야 하는데, 중고차 사기가 많다는데 어떻게 알아봐야 현명한 걸까?' '수입이 일정치 않고 불안정한 때가 많은 직업인데 지금 차를 장만하여 경제적으로 부담이 커지면 어쩌지?' '차를 두 대나 가지고 있는 것이 지금 과연 적절한 행동일까?' '게다가 환경오염 염려로 인해 이제 디젤차 생산을 중단하고 있는 이 상황에서 중고 디젤차를 사는 게 맞는 것일까?' '환경에 대해 관심이 많고 그렇게 많이 신경 쓰면서 디젤차를 운전한다는 것이 과연 나의 가치관과 일치하는 행동인가?' '혹시나 그것으로 인해 환경오염의 주범이 되어 다른 사람에게 손가락질을 받으면 어쩌지? 그럼 전기차로 방향을 틀어야 할까?' '근데 지금 그렇게까지 벌이가 안 되는데, 집 대출금도 갚아나가야 하고, 역시 차 두 대는 사치인 것인가?' '그러다가 갑자기 바로 달려나가야 하는 급한 일이 생기면?' '혹시나 고양이가 갑자기 아프면?' '당장 차를 운전해서 나가야 하는데 차가 없어 발이 묶이게 되면?' '그래서 평생 후회할 일이 생기면 어쩌지?'

이 책을 쓰는 근본적인 계기였던 아이에 대한 얘기를 해볼까요? '나는 지금 아이를 낳고 싶은 생각이 전혀 없는데 내 나이는 어쩌지?' '남편이 아이를 원해서 훗날 나를 원망하게 되는 일이 생기지 않을까?' '아이 없이 사는 부부에 대한 편견으로 다른 사람이 손가락질을 하거나 비난을 하는 일이 발생하면 어쩌지?' '심지어 나라에서 지금 저출산 사태를 걱정하고 있는데, 사회 구성원으로서 아이를 낳지 않겠다는 생각이 잘못된 생각은 아닐까?' '혹시나 나이가 들어 지금의 선택을 후회하게 되면 어쩌지?' '우리의 미래를 위해 아이를 낳는 게 맞는 걸까?' '하지만 나는 정말 키울 자신도, 용기도 없는

데 이런 마음으로 온전히 아이를 바르게 키울 수 있을까?' '나는 과연 그럴 그릇이 되는 사람인가?' '아이 때문에 생기는 모든 일들 때문에 내가 아이를 미워하거나 원망하는 일이 생기면 어쩌지?' '그로 인해 아이가 삐뚤게 자라거나 감정적으로 문제가 생겨버리면 난 그것을 어떻게 감당해야 하는 걸까?'

대부분 이런 식으로 부정적 생각과 걱정이 발전해나갑니다. 사실 이 부정적 생각을 괜히 키우기 않기 위해서는 진즉 결단을 내리거나, 돌이킬 수 없는 상황이라면 마음을 정리해 해결하고 넘기면 되는 문제였어요. 부정적 생각은 꼬리를 물어 갈수록 비약이 되고 일어나지 않을 일들에 대해 과대 해석하여 스스로를 힘들게 합니다.

내 연기에 만족하지 못하면 주변에 양해를 충분히 구하고 다시 한 번 기회를 요청하면 됩니다. 혹시 여건이 되지 않는 상황이라면 다른 장면에서 더 노력하면 되고요. 다른 사람이 하는 말과 평가에서 조금이라도 자유로워지면 됩니다.

말실수를 하면 바로잡으면 돼요. 혼자 속으로 전전긍긍할 게 아니라 문제가 되었다면, 제 실수를 깔끔히 인정하고 정중히 사과하면 됩니다. 요즘은 범죄나 도덕적으로 큰 물의를 일으키는 사항이 아니라면 대부분의 솔직한 해명과 피드백으로 문제를 해결할 수 있어요. 마음에 걸린다면 풀면 됩니다. 스스로의 실수를 인정하는 것은 어려운 일이겠지만 진심을 다한 반성은 분명히 통하는 시대입니다.

차에 대해서는 남편과 상의하에 최선의 방법을 선택하면 됩니다. 지금은 필요한 사람이 차를 쓰고 함께 다른 곳으로 외출을 해야 할 일이 생기면 시간을 조정하여 서로를 태워주거나 가까운 대중교통 정류장에 내려주거나 하고 있어요. 상황이 여의치 않을 때는 하루 정도 렌터카를 이용하기도 하고, 급한 일이 생길 때는 콜택시를 이용하기로 했습니다.

지금은 글로 나열을 했지만 부정 노트에는 어느 정도 도식화하여 그 생각을 중간에 자를 수 있는 부분에 선을 그어 해결책을 강구하거나, 아예 이런 생각이 발전하지 못하도록 초반 행동을 고쳐나가는 연습을 하는 식으로 활용을 하고 있어요. 생각만으로 부정적인 마음을 쌓아가는 행동은 그 일에 대한 본질을 흐리게 하고 걱정을 키울 뿐입니다. 그 생각의 뿌리를 잡아 걱정이 더 이상 커지지 않도록 막는 것이 저에겐 정말 중요한 일이었습니다.

아이에 대한 문제도 그렇습니다. 일어나지 않은 일에 대한 걱정과 불안으로 만들어진 저의 부정적 마음은 아이에 대한 이야기만 나와도 과민반응을 하고, 정서적으로 한 번에 무너져내리는 결과를 초래했습니다. 모든 일에는 선택과 그에 따른 책임이 있습니다. 최선의 선택을 하고 그 일에 책임을 저

야 합니다. 저에게 있어 가장 좋은 선택이 무엇인지 스스로
를 돌아보며 객관적으로 파악하는 이 과정과 이 시간이 너무
나 중요합니다.

상담을
무서워하지 않기

저는 가면을 쓴 제 얘기를 하는 것을 어려워하지 않습니다. 만들어낸 모습이라고 하더라도 사실 그것에 더 익숙해져 있기도 하거니와, 진심과 민낯을 드러내는 쪽보다 훨씬 편하고 부끄러움도 덜하기 때문이죠. 누군가에게 자신의 진짜 모습을 드러내기 시작하면 언제든 끊임없이 자신을 스스럼없이 내비치게 되고 도움을 요청하는 의존적인 사람이 될 것만 같은 두려움이 있었습니다. 친한 친구들에게는 가끔 감정의 큰 틀 정도는 털어놓기도 합니다만 정작 중요한 알맹이가 담긴 말과 고백은 하지 못해요. 아무리 친구 사이라도 제 가장 어둡고 깊은 부분은 숨기고 싶었나 봅니다.

가장 친했던 친구의 감정의 쓰레기통이 된 기분을 느낀 적이 있습니다. 저도 감정적, 정서적으로 힘들고 지친 시기였음에도 불구하고 친구의 아픔을 들어주는 것이 먼저였습니다. 처음에는 친구를 위해 제가 응당 해줘야 하는 일이라고 생각했지만 어느새 그 친구의 영향으로 점점 그 친구의 감정에 동화되어가는 저를 발견했어요.

사소한 일에도 화가 나고, 모든 것이 부정적으로 보였으며 아무것도 하기 싫었어요. 그 친구의 감정과 좀 떨어져 있어야겠다고 마음먹었음에도 친구에게는 차마 너의 감정이 나에게 영향을 끼쳐 나까지 조금 힘들어진다고 솔직하게 말을 하지 못해 연락을 피하게 되더군요.

몇 년이 흐르고서야 다시 연락을 주고받게 되었으나, 그 친구의 전화나 문자가 약간 트라우마로 남았습니다. 지금은 다시 조금 더 멀어져 있습니다. 저만 느끼는 감정일 수도 있기 때문에 일반화할 수는 없지만, 사랑하는 제 친구나 가족에게 좋지 못한 저의 정신 상태를 굳이 알려서 상대방까지 불안하게 만들 필요가 있을까 싶었습니다.

결혼 직후엔 남편도 좋은 상담 상대가 아니었습니다. 확실히 남편은 남자친구였던 시절 저의 모든 감정을 다 받아내며 지냈어요. 남자친구에게는 모든 행복과 즐거움, 불안과 걱정, 슬픔과 화, 다양한 종류의 분노까지 모든 것을 편하게 쏟아냈습니다. 늘 넓은 품으로 안아주고 이해해주었습니다. 하지만 결혼을 하고 가족이 된 후 저의 감정 상태에 조금이라도 동화되어 남편마저 흔들리게 될까 봐 두려워 제 감정의 표출을 자제했습니다. 결국 저는 모든 사람들에게서 스스로 고립이 되었어요.

마음과 감정은 스스로 혼자 감당하고 이겨내는 것이라고 굳게 믿어왔던 저는 이번 일을 계기로 그 생각이 오만하고 잘못된 생각이라는 사실을 절실히 깨달았고, 제가 제 자신의 아픔과 어둠을 혼자 감당할 수 있을 만큼 강한 사람이 아니라는 것도 인지하게 되었어요. 다행히 극단적인 상황으로 치닫기 전에 몸의 반응으로 먼저 눈치챌 수 있었습니다. 이대로 있다가는 위험해질 수도 있다는 것을.

제대로 된 상담을 받아보고 싶었고 남편도 동의했습니다. 처음 상담을 받고 나왔을 때는 시원하기도 하면서 별거 아닌 것 같기도 하고, 조금 복잡하고 미묘한 감정이었지만 결과적으로는 엄청난 도움이 되었습니다. 누군가가 내 이야기를 자신의 의견으로 첨삭하지 않고 순수한 의도로 경청해준다는 것만으로 얼마나 큰 위로와 힘이 되는지 느꼈고, 다음 상담 예약을 잡아놓고 나서는 평소 감정의 파도가 급격할 때마다 '다음 상담 때는 이런 감정에 대해 꼭 털어놔야지'라고 생각하며 감정을 조절해나갈 수 있었습니다.

한계도 물론 존재했습니다. 상담을 해주시는 선생님이 저의 직업과 제 활동명을 알아채신 다음부터는 완벽하게 솔직한 이야기를 다 털어놓지는 못했습니다. 솔직해지려고 노력을 해보아도 진짜 제 모습이 아닌 누군가가 봐주었으면 하는 모습으로 살짝씩 포장하고 있었습니다.

그날 이후 대면 상담 횟수를 줄이고 인터넷이나 전화 상담을 이용했어요. 검색창에 정신과 전화 상담이라고 검색하니 상담 선생님의 간단한 프로필과 상담 주제 등을 보고 시간을 선택해 상담이 가능한 시스템이 갖추어져 있었어요. 생각보다 편했습니다. 대화를 할 때 상대방의 표정을 살피지 않아도 된다는 것이 그랬고, 시간과 주제가 어느 정도 한정적으로 짜여 있기 때문에 보다 심도 깊이 어떤 주제에 대해 상담이 가능했으며, 오프라인 상담보다 조금 더 저렴하기도 했어요. 저는 다른 것보다 이유 없는 불안감과 우울감에서 벗어나고 싶었기 때문에 같은 상담을 여러 선생님들께 받아보며 각기 다른 조언들과 새로운 해석들을 듣게 되니 더 좋았던 것 같습니다.

하지만 아무리 상담을 받아도 해소되지 못하고 남아 있는 앙금들은 어떻게 풀어야 할지 막막했습니다. 이 부분은 누군가의 위로나 조언 등으로 해소된다기보다 스스로 방법을 찾아

나가야 할 숙제인데 이것을 발견하기도 풀어나가기도 쉽지 않았습니다. 이 과정에서 심장의 두근거림과 몸의 떨림이 해소되지 않아 하루 종일 숨쉬기 버거웠던 날도 있었습니다. 이유 없이 기분이 바닥으로 가라앉아 아무리 노력해도 계속 부정적인 생각으로만 치달을 때는 정말 해결할 방도가 없었어요.

상담을 받고 도움을 요청하면서 정신과 약물치료를 절대 받지 않겠다던 제 다짐은 무너졌습니다. 지금이 너무 힘들고 괴로운데 스스로 해결할 수가 없다면 더 안 좋은 상태로 발전하기 전에 분명히 개선이 필요했고, 그것이 약물치료라도 기꺼이 시도해보아야 한다고 마음을 먹은 후 남편에게도 털어놓았습니다. 남편은 병원을 예약하면 같이 가주기로 약속했습니다.

그러나 전 아직까지 병원을 예약하지 않았어요. 더 이상 의지하고 도움을 받아야 할 곳이 없어 막다른 길에 다다랐다고 생각했을 때는 그 상황이 너무 절망적이었는데, 스스로 세워놓았던 벽을 허물고 한 걸음만 더 나아가 도움을 받고자 마음을 여는 것만으로 이상하게도 꽉 막혀 있던 부분이 풀리며 조금은 더 생각할 공간이 생겼습니다.

우리는 모두 약하고 깨지기 쉬운 존재예요. 이 세상은 혼자 살아가는 것이기도 하지만, 주위에 도움을 요청해 손을 뺄을 용기도 있어야 한다고 생각합니다. 물론 스스로를 지킬 생각이 없이 어딘가에 기대기만 바라면서 사는 건 더 좋지 않은 결과를 초래하기도 하니 늘 주의 깊게 자신을 관찰해야 겠지만, 적어도 스스로를 고립시키며 모든 것을 자신만의 숙제라고 여겨 감당할 수 없는 무게의 짐을 혼자 짊어지다가 넘어지게 되는 일도 없어야 하지 않을까요?

투정과 불만은 습관이 되어 한번 선을 긋지 않으면 끊임없이 표출해야 하는 감정이고, 의존은 관성적이라 한번 어딘가에 기대기 시작하면 점차 더 무거운 무게로 의존해야 한다고 생각했었어요. 네, 분명 그럴 수도 있습니다.

하지만 제 자신을 무너뜨리지 않고 잘 지내는 방법 중 하나는 어딘가에 지지대를 세우는 일이라고 생각합니다. 그 지지대가 가족일 수도 있고 다른 무언가일 수도 있죠. 스스로 찾아봐야 합니다. 저에게는 그게 상담과 대화였습니다. 어떠한 것에 의존하게 될까 봐 두려웠던 저는 어느 정도 도움을 받고 나서야 편해졌으나, 아직도 그곳에 내 무게를 다 실어 기대기 않기 위해 경계합니다.

제 마음의 짐을 잠시 덜어놓을 수 있게 도움을 주신 모든 상담 선생님 분들께 감사하다는 말씀을 드리고 싶습니다. 여러분 덕분에 저는 이제 상담을 무서워하지도 누군가에게 기대는 것을 두려워하지도 않게 되었습니다.

남편에게
기대기

    인생 중 가장 나 자신에게서 가장 멀어져서 불안정했던 때, 지금의 남편을 만나 사랑을 하고 결혼을 했습니다. 표류하고 있던 내 삶이 결혼 후 정상궤도로 돌아오고, 잊고 살았던 진짜 내 모습 일부도 되찾았지만 새로운 환경을 맞이하게 되면서 나도 모르게 쌓여 있던 불안과 우울이 한곳으로 모여 증폭되어 한 번에 폭발하기도 했습니다.

    자발적으로 철저히 혼자였던 나의 삶에 들어온 내 인생의 구원자이자 최대 변수인 남편. 제 인생의 전환점은 남편이라고 해도 과언이 아닐 만큼 이로 인해 저는 많이 변했지만 온전한 저를 찾을 수 있을 것 같습니다. 지금까지와는 전혀 다른 제 모습이지만 가장 완벽한 저를 만날 수도 있을 것 같습니다. 참 어렵고 신기한 문제죠.

우리는 모든 면에서 다릅니다. 연애 초반에는 성격도 비슷하고 취향도 비슷한 줄 알았죠. 서로에게 모든 것을 맞추려 노력했으니까요. 하지만 함께 생활하다 보니 우린 세상에서 가장 다른 두 사람의 집합체 같다는 생각을 하곤 합니다.

요새는 연기에 대한 대화를 많이 나누는데 이조차도 정말 하나부터 열까지 다 달라요. 문장을 받아들이는 감정도, 해석하는 이성도 다릅니다. 많이 다투고 목에 핏대를 세우며 토론하고는 하지만 결론적으로는 서로의 의견을 듣고 참고하여 발전하는 방향을 도모하곤 합니다. 언성이 높아져 서로의 기분을 상하게도 하지만 사실 저는 이런 논쟁을 즐기고 좋아해요. 잠시 감정은 격해질지언정 우리 둘 모두에게 자양분이 됩니다. 남편도 그렇게 생각하는지는 모르겠지만요.

남편은 이 세상 그 누구보다 저에 대해 잘 알고 파악하고 있다고 자부합니다. 물론 저는 속으로 남편의 근거 없는 자만심이라고 생각하고는 합니다. 스스로도 제 자신을 잘 모르는데 타인이 절 파악하고 다 안다는 것이 가당치 않습니다.

하지만 남편은 사랑을 담은 눈길로 가장 객관적으로 저를 판단해줄 수 있어요. 저에 대해 어떤 사람이라고 정의나 평가를 내리지는 않지만, 제가 지금 하고 있는 생각과 행동이 과연 일반적인 정상 범주 안에 들어가는지 타인의 눈으로 봐줄 수는 있죠. 그리고 모든 것을 포용할 수는 없겠지만 그 누구도 이해해주지 못하는 일이라면 가장 먼저 나서서 제 편이 되어주겠죠.

남편은 도덕적인 부분과 기본 예의적인 측면에서는 저보다 훨씬 보수적이고 유교적이지만, 이를 제외한 모든 일에 기본적으로 편견 없이 둥글고 맑게 상황을 보는 사람이기 때문에 저보다는 크고 넓은 기준을 가지고 있어요. 뚜렷한 본인의 성향과 취향을 고집한다기보다 어울림을 중시하는 사람이기 때문에, 가끔 그 어디에도 잘 섞이지 못하는 뾰족한 저를 유별난 성향을 가진 소수의 사람으로 몰아가기도 하지만 최근엔 그런 저의 성향까지도 많이 맞춰주려고 노력합니다.

예전에는 함께 쇼핑센터에 가도 관심 있는 물건들의 종류와 취향이 달랐는데 지금은 서로 같은 물건을 고르고 같은 디자인을 좋아하고는 합니다. 제 취향은 많이 바뀌지 않았으나 이 부분은 남편이 자연스럽게 저를 닮아온 것 같아요. 어느 순간 저에게 맞춘다기보다 정말 본인의 취향이 된 것 같아요. 마블에서 나온 굿즈들을 본인이 더 적극적으로 산다든지 비비드한 색감의 가구에 먼저 눈길을 줍니다. 누군가와의 대화에서 제가 불편해하는 어휘와 뉘앙스들을 기가 막히게 알아채고 분위기를 전환시켜줍니다. 어떤 때는 저보다 먼저

한마디를 해준다거나 누군가에게 자신의 의견을 피력하려고
합니다.

저와 닮은 사람이 되어달라고, 비슷한 성향을 가져달라고
강요한 건 아니에요. 대화와 생각의 나눔을 통해 자연스럽게
동화되어 준 거예요. 저에게는 정말 너무 좋은 사람이죠.

이 책 전반에 걸쳐 남편에 대해 좋은 소리만 한 것 같은데,
사실 그렇게 편하기만 한 성격은 아니에요. 전에도 언급했지
만 불의를 보면 잘 참지 못하고, 의도가 어떻든 제 어조가 조
금이라도 강하거나 말에 가시가 박혀 있다고 느끼면 바로 되
돌려줍니다. 대화가 안 통하면 그 자리에서 풀려고 하기보다
그냥 그 순간에 입을 닫아버리는 편이에요.

평소에 아주 다정한 편이라 화가 난 순간에는 갑자기 다른
사람을 마주하는 것 같아 무서울 때도 있어요. 표정뿐만 아
니라 눈의 모양새도 변하기 때문에 그런 상태의 남편의 표정
을 보고 싶지가 않아서 저도 어느 순간 깊은 대화를 좀 꺼렸
던 것 같기도 하네요.

저는 제 불안을 얘기하지 않고, 남편은 제가 말을 하지 않
으니 알아주지 않게 되었죠. 그러다 보니 속에 원망만 쌓인
순간이 있었는지도 모르겠습니다. 풀지를 못했으니까요. 이
상태가 지속되었더라면 더 큰 위기 상황을 맞이했을 우리에

게, 조금 더 빨리 찾아온 감정의 파도가 지금의 우리를 더 돈독하게 만든 것 같아 참 다행이고, 참 감사합니다.

다시 지금과 똑같은 삶의 기회가 주어진다 해도 이 사람을 사랑하지 않을 자신은 없습니다. 미래를 속단하는 것이 가장 어리석은 일이라고 생각합니다만, 저는 이 사람과 평생 인생의 동료이자 함께 공부하는 배우로 잘 살아가고 싶습니다. 그러려면 서로 간의 소통이 가장 중요하다고 생각해요.

남편과의 관계에 있어서 말과 행동들이 너무 편해지고 익숙해지지 않도록 늘 조심하고 배려해야겠지만, 내 감정과 상태에 대해서는 가감 없이 털어놓고 힘들 때는 충분히 기대려고 합니다. 남편은 그 누구보다 냉정하지만 따뜻한, 가장 객관적이면서도 누구보다 내 편인 입장에서 저를 잘 지켜주고 함께 좋은 길을 모색해갈 수 있는, 가장 잘 맞는 상담 선생님이자 좋은 사람입니다. 지금 우리의 이 마음이 오래 지속되었으면 좋겠어요.

남편에게
기댈 곳을 만들어주기

제가 그랬듯 남편 또한 저를 만나고 정말 많이 변했습니다. 저를 만나기 전 남편의 일과는 긴 시간 연습을 한 후 공연을 올리고, 이를 함께한 사람들과 시간을 보내는 것이 전부였다고 해요. 사람들과 함께하는 시간이 너무 좋아서 누군가와 데이트할 시간도 없었다고 합니다. 이처럼 사랑보다 중요한 것들이 너무나 많아 늘 바쁘던 남편은 저를 만난 후 일을 제외한 모든 것을 지웠습니다. 너무나 갑자기 하루아침에 사람이 달라진 거였어요.

주위 사람들은 갑자기 변한 남편의 행동에 서운함을 느끼기도 했다고 하는데 그 당시 남편은 저 하나 챙기기도 벅찼을 거예요. 그때의 저는 정말 정서적으로 많이 불안해하면서 아예 다른 사람의 모습으로 살고 있었거든요. 남편은 자신을 희생해서라도 원래의 제 모습을 찾아 돌려놓으려 노력했습니다. 사실 그때 당시 제가 어떤 사람인지도 잘 모르면서 뭘 되돌려놓겠다고 했던 건지는 모르겠으나, 남편 눈에는 제가 본 모습과 심성을 숨긴 채 위태위태하게 살아가는 사람처럼 보였대요. 신기하죠. 처음에 분명 제 모습을 철저하게 숨긴 채 연애를 했던 것 같은데요.

결론적으로 남편은 성공적으로 저를 변화시켰습니다. 제 자신을 숨기기 위해 강한 사람인 척 스스로를 꾸미지 않았고, 감성적이고 여린 마음을 감추려고 세고 쿨한 사람인 척 하기를 멈추었습니다. 분명 저는 전보다는 여유로워지고 편한 사람이 되었지만, 스스로를 그대로 드러내놓고 모든 감정을 솔직하게 인지하려다 보니 오히려 불안감과 우울감은 커져버렸어요. 이마저도 남편은 자신이 다 감싸 안아주려 합니다. 분명 남편은 저를 위해 살고 있어요.

지금껏 남편을 어른스럽고 성숙한 사람으로 묘사하기는 했지만, 사실 남편은 저보다 연하입니다. 평소 워낙 의지를 많이 하고 있어 못 느끼다가 남편의 학번을 듣거나, 남편이 누나나 형이라고 부르는 사람이 저에게는 동생일 때, 교육과정이 달라 수능에서 본 과목이나 점수 책정 방법이 달랐다는 것을 인지했을 때, 문득 실감을 하고는 합니다. 사회생활도 저보다 늦게 시작했고, 데뷔도 저보다 늦어요. 사실 처음에는 때가 안 묻은 순수하고 맑은 남편의 모습에 반했던 것 같아요. 돌이켜 생각을 해보니 그때의 남편의 모습이 지금은 없어져버렸네요.

연애를 시작할 때 즈음의 습관이 지속되었는지 우리의 관계는 조금 일방적이었습니다. 한쪽에서는 기대고, 한쪽에서는 받아주고 안아줄 뿐이었죠. 그게 당연한 우리의 관계라고 생각해 조금은 안일하게 생각했습니다. 남편의 마음을 헤아릴 생각을 하지 못했던 것 같아요.

결혼하고 변한 남편의 모습에 사랑이 변했다고만 생각했습니다. 물론 저만큼 감정적으로 많이 무너지거나 흔들리지는 않았으나 남편도 저와 같이 변화에 적응하느라 힘들어하고 있었다고 고백했습니다.

남편 입장에서 볼 때 저는 남편 인생에 갑자기 뛰어든 사람이었을지도 몰라요. 평온하던 일상에 침범해 자신을 보호해달라고 강요하는 불청객이었을 수도 있습니다. 일단 좋아하는 마음이 생겼으니 챙겨주고 보듬어주다가, 어느 날 눈을 떠보니 평생 그 사람을 책임져야 하는 사람이 되어 있었을 수도 있어요. 갑자기 짊어져 버린 책임감이 부담으로 다가왔을 수도 있습니다.

내색하지 않던 남편도 연기적으로 고민이 쌓여 예민했던 시기가 있었고, 그때 저와 크게 싸우게 되었어요. 처음 자신의 심경을 토로하며 무너져 울던 남편의 모습을 잊을 수가 없어요.

저와 같은 마음이었으리라 짐작합니다. 갑자기 새로운 가족이 생겼습니다. 더 이상 나 하나만 감당하며 살 수 없게 되었어요. 부부는 서로에게 가장 큰 영향을 미칩니다. 남편도 인생의 대부분이 흔들리고 바뀌고 있으니 적응할 시간이 필요했어요.

심지어 남편은 무대가 아닌 새로운 분야에 도전을 시작한 시기라 일적으로도 불안하고 걱정이 많았습니다. 그런데 아내는 아주 약한 바람으로도 날아가 없어져버릴 것같이 감정적으로 많이 약해져 있어요. 본인도 너무 힘들고 벅차지만 그런 아내를 안아주어야 합니다. 그렇다면 남편은 누가 안아주고 위로해주죠? 도대체 어디에 기대야 하는 걸까요?

남편은 다행히 그날 이후 자신의 솔직한 마음을 털어놓으며 격한 감정들을 어느 정도 털어낸 것 같아요. 남편이 솔직한 자신의 상태를 제게 말하지 않았다면, 남편도 저와 같은 정서를 공유하고 변화에 힘들어하고 있다는 사실을 눈치채지 못했을 수도 있습니다. 그랬다면 언젠가 남편도 저처럼 한순간에 무너지고 터져버렸을 수도 있겠지요. 그만큼 소통은 중요합니다. 각자가 만나 결국 하나가 되는 과정에서 정서적 교감과 진솔한 대화는 꼭 필요해요.

가끔 바쁜 스케줄에 지쳐 먼저 잠이 든 남편의 얼굴을 가만히 들여다보고는 합니다. 잠이 든 얼굴은 근심과 걱정이 없이 조금은 다른 사람처럼 보이기도 해요. 아직 소년 같은 모습이 많이 남아 있습니다. 그때마다 눈이 좀 시큰거립니다. 정말 맑고 투명한 사람이었는데 나를 만나 그 모습이 많이 없어진 것 같아서요.

절 책임지고 보호해주느라 자신을 희생하면서 급하게 어른이 되느라 많이 힘들었을 것 같아요. 저 때문에 생긴 마음의 짐을 좀 내려놓게 만들어주고 싶었습니다. 그리고 남편에게도 편히 기댈 곳이 필요하다면 그곳이 제 품이 될 수 있도록 따뜻하게 포용하고 안아주어야겠다고 다짐했습니다.

앞으로 우리는 오랜 세월을 함께해야 합니다. 어쩌면 평생 온전히 두 사람만을 바라보며 살아야 할 수도 있어요. 남편이 마음 놓고 안길 수 있도록 믿음직한 사람이 되고 싶어졌습니다. 그동안 내 옆에서 나를 지켜주고 든든한 버팀목 되어주어 고맙다고, 나도 당신을 위해 더욱 단단해지겠다고, 당신을 위해서는 기꺼이 내 모든 것을 다 줄 각오가 되어 있다고 꼭 말해주고 싶습니다.

이야기를 마치며……

　저는 그 누구보다 감성적이고 감정적인 사람이면서도 스스로를 돌보지 않고 살아왔어요. 자신의 감정을 숨김없이 모조리 표현하는 사람을 현대사회와 어울리지 않는 배려심이 부족한 이기적이고 미성숙한 사람으로 보아왔기 때문이었습니다.

　그런 사람이 되지 않기 위해 늘 자신을 가두어놓고 살다 보니 결국 제 자신을 잃어버렸습니다. 타인의 기준과 평가에 매달려 제 진짜 감정은 늘 무시당하고 숨어 있어야 했어요. 작은 스트레스와 불안감들이 쌓여갈 때도 관리가 되지 못했습니다. 멘탈이 약한 사람으로 보이고 싶지 않았기 때문이에요. 돌이켜보니 저는 참 제 자신에게 무심했더군요. 다른 사람을 그렇게 신경 쓰면서도 정작 스스로를 방치했어요.

인사처럼 건넨 질문 하나에 버튼이 눌러서 쌓여 있던 감정의 층들이 무너져내렸고, 남편에게 편지를 쓰면서 몸과 마음이 아파 보았고, 상담을 받고 다시 마음을 잡아 글을 쓰는 동안 정말 원 없이, 후회 없이 제 감정을 드러내고 쌓여 있던 것들을 표출해보았습니다. 시원했습니다. 전에는 느껴보지 못했던 해방감이었고 늘 답답하던 속이 뚫리는 기분이었습니다. 이제야 조금 숨을 쉬는 듯한 제 마음이 속상했고, 과거의 나에게 미안했습니다. 내 인생에서 가장 중요한 건 다른 사람이 아닌 바로 "나"인데 말이에요.

이번 일들을 겪으며 크게 달라진 것은 없어 보이지만, 많은 것들이 변했습니다. 타인의 눈에 비친 저의 모습이 달라지진 않겠죠. 하지만 그건 중요하지 않습니다. 전 앞으로도 소심하고 예민하고 걱정이 많은 사람이겠지만, 이 모든 것들이 제가 가지고 있는 저만의 에너지이고 저를 움직이는 원동력이라는 걸 깨달았습니다. 원인과 이유를 모를 때는 모든 것이 불안하고, 불안감을 다스릴 의지와 힘이 없어 우울에 빠지기도 했으나, 제 마음을 들여다보니 어떻게 생각해야 할지, 어떤 삶을 선택하고 살아갈 것인지, 어떤 미래를 꿈꿀 것인지 알 수 있게 된 것 같습니다.

스스로에게 가장 먼저 솔직해져, 타인에게도 가면을 쓴 모습이 아닌 진짜 내 모습이 보이길 기대합니다. 내 감정을 다스릴 줄 알게 되면 타인의 마음도 어루만져 줄 수 있길 바랍니다. 겉으로만 보이는 행복이 아닌 진짜 행복을 느낄 수 있기를 희망합니다. 타인에게 좋은 사람이 아니라, 나 자신이 만족할 수 있는 좋은 사람이 되길 꿈꿉니다.

　아이에 대한 문제는 어떻게 되었을까요? 여전히 아직 모르겠습니다. 이전에는 가장 무겁고 또 무서운 질문이었으나 지금의 저에게는 중요한 문제가 아니에요. 저는 지금 아이를 낳아 키울 마음도 자신도 없습니다. 제 마음의 소리를 들으며 진정으로 우리가 아이를 원할 때, 우리 가족이 모두 행복해질 수 있는 준비가 되고, 한층 더 성숙한 어른이 되었을 때 다시 생각하겠습니다. 지금은 온전히 저와 남편만을 위한 삶을 살고 싶어요.

　제가 만들어나가고 선택해야 하는 모든 일들이 더 이상 불안과 걱정이 아닌, 희망과 기대가 될 수 있을 것입니다. 저는 이제 제가 제일 중요하니까요. 그런 제가 하는 선택인데 혹여 후회한들 어쩌겠습니다. 그것 또한 소중한 제 삶인걸요.

　마지막으로 늘 바라던 작가의 꿈을 이룰 수 있도록 도와

주신 북스토리 관계자 여러분, 감정적인 동요 없이도 확실한 공감과 위로를 보내준 예원이, 늘 온 마음을 다해 자신의 유기농 텃밭 당근을 내어주는 문학적 덕질 메이트 호진이. 세상에 태어난 그 순간부터 항상 한결같이 사랑을 가르쳐주신 부모님과, 평생을 함께할 동반자이자 가장 친한 친구인 온전한 내 편 김지철 씨, 그리고 지금까지 이 이야기를 함께해주신 여러분께 진심으로 사랑과 감사를 보냅니다. 모든 이들의 마음에 온전한 평온이 깃들기를.

아이보다 아이i

1판 1쇄 2021년 11월 30일

지 은 이 신소율
일러스트 정은주

발 행 인 주정관
발 행 처 북스토리㈜
주   소 서울특별시 마포구 양화로 7길 6-16 서교제일빌딩 201호
대표전화 02-332-5281
팩시밀리 02-332-5283
출판등록 1999년 8월 18일(제22-1610호)
홈페이지 www.ebookstory.co.kr
이 메 일 bookstory@naver.com

ISBN 979-11-5564-250-4 03810